여왕의 연애

탐나는 그녀의 25가지 연애법칙

여왕의 연애

| 비하인드 지음 |

미래
Future times
시간

쑥과 마늘,
100일 기도를 대신할
행복해지는 연애비법

글쓴이는 2권의 책을 낸 자기계발서 작가다. 그 2권의 책은 이 책과는 분위기도, 어조도 많이 달라서 다른 책을 읽고 이 책을 접하는 독자님들은 당황하거나 거부감이 들 수도 있겠다.

글쓴이가 자기계발이라는 분야에 처음 입문하게 된 계기는 바로 '지독히도 안 풀리는 연애'였다. 지금 고백하지만 나의 연애는 그야말로 형편없었다. 황금 같은 20대를 몇 번의 연애 끝에 모두 차임으로 마감했고, 30대가 되어서도 막장 연애에 큰 변화는 없었다. 돌이켜보면 뜯어 말리고픈 연애만 거듭하고 있었다.

그러고도 나는 자신한테 문제가 있다는 걸 알지 못했다. 그저 착하고 좋은 남자를 만나 지극정성 여왕대접을 받으며 무사 평탄

한 연애를 하고 결혼에 골인하는 여자들을 부러워하기만 했다. 앞으로 이야기하겠지만 나는 딱 '무수리'였던 것이다.

요즘은 매사에 돈이 우선이라 사랑타령은 먹고 살 만한 사람들의 전유물이라는 비아냥거림도 만만치 않다. 하지만 묻고 싶다. 여자에게 있어서 사랑이 어떤 의미인지 아느냐고 말이다.

엉망진창인 연애에서 허우적거릴 때 나는 직장에 소홀했다. 대체 일이 손에 잡혀야 열심히 할 텐데 남자 때문에 조마조마해서 그럴 수가 없었다. 당연히 가족들에게도 소홀했고, 친구관계는 대부분 끊어지다시피 할 정도로 나빴다.

결론적으로 내가 하려는 이야기는 여자에게 있어서 한 남자와의 안정적인 사랑은 낭만적인 연애, 그 이상이라는 것이다. 연애가 안정이 되면 일에도 매진할 수 있고, 공부도 열심히 할 수 있다. 몸과 마음을 가꾸는 데도 집중할 수 있고, 가족과 친구들에게 잘할 마음의 여유도 생긴다.

다시 말해 한 남자에게 보살핌받고, 예쁨받고, 사랑받는다는 것은, 삶이 아무리 팍팍하더라도 견디게 해주는 힘이 될 뿐더러 여자로 태어났음을 감사케 하는 놀랍고 축복된 경험이다.

문제는 이 안정되고 행복한 연애가 그리 쉽지만은 않다는 거다. 연애? 마음 가는대로 하면 되지! 라는 사람들이 있는데 그 말이 맞는다면 이 세상에 모든 연애서적은 출판될 필요도 없었을 테고, 사랑 때문에 고민하다 자살하는 사람도 없었을 것이다.

결국 글쓴이는 33살에 또 한 번 처절하게 거절당하면서 더 이상 이렇게 살아서는 안 되겠구나ㅠㅠ를 겨우 깨달았다. 그때 고통은 지금은 거의 잊어버렸지만 말로 표현하기 어려운 수준이었다. 우울증이 심했고, 집중을 못하고 헤매서 회사에서도 잘렸다.

바른생활 종교인이었는데, 그마저도 더는 하느님이 내 기도를 들어주지 않는 것 같아(?) 신앙생활도 완전히 청산하고 집에서 은둔하다시피 지냈다. 그대로 인생이 끝났으면 아마 지금 이 글을 쓰고 있지 못했을 것이다.

아무튼 백수였던 나는 집근처 도서관에서 종일 연애에 관한 책만 읽으며 시간을 보냈다. 대체 어떻게 해야 내가 좋아하는 사람의 마음을 사로잡을 수 있을까? 어떻게 해야 행복한 연애를 할 수 있을까? 오직 그 생각에만 빠져 살았다.

뜻이 있는 곳에 길이 있다고, 그러다 우연히 책 한 권을 발견했다. NLP(Neuro-Linguistic Programming, 신경언어프로그래밍)를 연애에 활용해서 어떻게 여자를 꼬시는가? 하는, 말하자면 남성을 위한 연애 비법서였다.

몇 번 온라인상에서 적었는데 그 책이 연애에 대한 관점을 바꾸는 데 있어서 이정표가 되었다. 도움이 된 부분은 내용적인 부분보다는 '관점'이었다. 나는 그때까지 감정은 내 힘으로 어떻게 안 된다(나는 그를 사랑하는 걸 멈출 수가 없어!)고만 생각했는데, 충분히 자기가 원하는 대로 감정과 생각을 컨트롤 할 수 있음(이것이 NLP

의 관점이다)을 깨닫게 되었다.

그것은 전혀 새로운 세계였다. 나는 이후로 NLP를 비롯해서 EFT(Emotional Freedom Technique, 정서자유기법)와 최면, 해결중 심요법 등을 차례로 배워나갔다. 열의가 넘쳤고 학창시절에 나름 우등생 소리를 들었던 터라 짧은 시간 안에 많은 것을 익혔다. '픽 업(Pick up)'이라는 말이 국내엔 생소하던 무렵에 이미 픽업을 다 루는 남초 카페에 가입해서 남자들이 생각하는 연애에 대해 생생 하게 배웠다.

그 지식을 적용하면서 삶이 어떻게 내가 원하는 방향으로 달라 지는가도 분명히 경험했다. 나중엔 '남자 속에 들어갔다 나온 여 자'라는 평을 들을 정도가 되었다. 시중에 나온 연애서적 저자들 중에 나만큼 실제로 남자들 모임에 참여하면서 연구한 사람이 있 을까 싶다. 그리고 어떻게 되었을까?

글쓴이는 그렇게 평생의 소원이었던 '나만 사랑해주는 착하고 멋진 남자와의 행복한 연애'를 이룰 수 있었고, 그 연애는 지금도 진행형이다.

이제 본격적으로 이야기하겠지만, 늦지 않았다. 글쓴이가 경험했듯 이 책에서 말하는 법칙들을 받아들이고 실천한다면, 독자 여러분도 그토록 꿈에 그리던 연애를 할 수 있을 것이다.

그 연애로 인해 삶 전체는 반짝반짝, 더 빛나게 되리라.

차례

1부 무수리에서 여왕으로 _ 마인드 편

2부 집사 고르기 & 길들이기 _ 액션 편

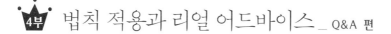

4부 법칙 적용과 리얼 어드바이스_ Q&A 편

"한 번만 더 그러면 진짜 끝이라고 했는데도 남친이 또 친구들과 술 먹고 연락이 끊겼어요.ㅠㅠ 저를 사랑한다면 그러지 않을 텐데… 이건 남친이 저를 무시하는 거죠? 남친이 정말 저를 사랑하기는 하는 걸까요?"

"이상한 느낌에 남친 폰을 봤는데 모르는 여자하고 다정하게 하트 날리면서 카톡을 했더라구요. 뭘까요? 저 지금 심장이 벌렁거려서 일이 손에 안 잡혀요…".

오호 통재라! 이런 내용의 고민글은 웬만한 포털사이트, 여성 커뮤니티에서 하루에도 수십 개씩 볼 수 있는 대표적인 케이스다. 단도직입적으로 말하면 이런 하소연은 연애주도권을 빼앗기고 위태로운 연애를 하는 '무수리'처자의 애처로운 호소다.

잠깐, 무수리라고요? 사극에 등장하는 그 무수리 말인가요?

이렇게 질문하실 분들이 있을 줄 안다.

맞다. 사극에 나오는 그 무수리. 영화 〈광해〉에 나온 사월이든, 수라간 김상궁이든, 기미나인이든 친숙하고 편한 이미지를 떠올리면 된다(역사적 고증은 생략한다).

설마… 무수리가 있으면 중전도 있나요?

그렇다! 센스 있는 독자여! 세상에 남과 여가 있고, 양과 음이 있고, 빛과 그림자가 있듯 무수리가 있으면 중전도 있다. 하지만 중전보다는 좀 더 넓은 개념이 필요하고, 글쓴이의 의도에 잘 맞으니 무수리의 반대 개념은 '여왕'이라고 이해해두자.

무수리와 여왕, 이 두 단어는 앞으로 명사로만 쓸 것이 아니라 형용사 내지는 동사로도 쓸 예정이다. 예를 들면 '무수리스럽다' 등으로 말이다.

그리고 태초에 하느님이 남녀를 한 쌍으로 만든 것처럼 여자가 있으니 그 반쪽인 남자가 있어야 하는데, 이 책에서는 그 남자를 '집사'라고 한다.

집사라고 하면… 어감이 좀 그렇지 않나요? 하는 분들은 흔히 애묘인들이 자신을 '냥집사(버틀러)'라고 칭하는 것을 떠올리면 받아들이기 쉬울 것이다. 좋은 의미로 '나한테만 충성하는 남자'라는 뜻이다. 당연히 아무 남자나 집사가 될 수는 없으며, 대부분의 남자는 집사후보생일 뿐 정식 집사는 아니니 유사품에 주의하자.

마지막으로 한국 사람은 주입식 교육을 받고 자라서 콕 찝어 이것만 외우면 된다고 알려줘야 잘 가르친다고 평가한다. 글쓴이도 명쾌한 이해를 위해 핵심 개념정리를 제공해본다.

여왕 · '내가 조선의 국모다…'가 아니라 '내 삶의 주인공은 나다!'를 외칠 수 있는 여자. 연인과 주변으로부터 사랑받고 대접받는 멋진 여자. 연애의 주도권을 가진 여자. 감정의 무게를 적절히 다룰 지혜가 있는 여자. 삶의 목표가 있는 여자. 일명 중전.

무수리 · 착해서 미련한 여자. 구중궁궐에서 허드렛일을 도맡아 하며 언제 그의 눈에 한 번이라도 들어볼까 한탄만 하는 뒷방 신세 여인. 다시 말해 자기 삶의 주연이 아닌 조연으로 남자의 그늘에 가린 여자. 헌신하고 헌신짝처럼 차이는 여자. 고로 자기 자신을 사랑할 수 없는 여자. 일명 곰녀.

집사 · 여왕에게 충성을 맹세한 여왕의 남자이자 여왕의 경제, 건강, 행정, 행복지수 등의 대소사를 책임지는 남자. 중요한 점은 어떤 남자도 타고나면서부터 좋은 집사이기는 어려우므로, 여왕의 철저한 조기교육이 필요하다는 점. 비슷한 말 심남.

　그 외 필요할 때마다 진화심리학, 뇌과학, 행동심리학 등에 관한 설명을 할 예정이지만 몰라도 되니 걱정 붙들어 매자. 원래 날라 리들이 연애는 더 잘하는 법이니까. ㅎㅎ

 무 수 리 레 벨 테 스 트

개념정리에 이어 자신의 무수리 레벨을 진단해보는 순서다. 중요한 부분이니 대충 넘어가지 말고~

아래의 예시문을 읽고 해당되는 항목이 몇 개인가 세어본다.

·· { 무수리 레벨 테스트 } ··

- 남자에게 2번 이상 차인 적 있다(남자가 먼저 이별통보).

- 남자에게 경제적인 원조를 한다, 또는 하고 있다.

- 부적절한 연애(유부남, 또는 여친 있는 남자)에 빠진 적 있다, 또는 하고 있다.

- 이별 후에 미저리 수준으로 매달린 적 있다.

- 연애가 잘 안 풀려서 직장생활 또는 학업에 심각한 지장을 초래한 적 있다.
- 연애에 마가 낀 것 같아서 무당, 점집, 부적 등에 돈을 써본 적 있다.
- 주변 사람들이 다 뜯어말리는 연애를 굳이 우겨서 한 적 있다(그리고 결과가 안 좋았다).
- 막말을 하는 남자나 폭력을 휘두르는 남자를 참아가며 사귄 적 있다. 또는 사귀고 있다.
- 남친으로부터 전화, 문자, 카톡에 집착해서 피곤하다는 이야기를 들었다.
- 남친이 연락을 안 받으면 불안, 초조, 심장 벌렁 증세가 있다.
- 남친이 나를 사랑하지 않는다는 생각을 자주 한다.
- 남친이 나를 여친으로 대접해주지 않고 무시한다는 느낌이 자주 든다.
- 주변 사람들은 연애를 잘 하는데 나만 이 모양인 것 같아서 우울하다.
- 결혼에 목숨 걸었냐는 말을 들은 적이 몇 번 있다.
- 결혼할 생각이 없다는 남친 때문에 사귈까 말까 고민 중이다.
- 남친의 강요로 원치 않는 스킨십에 응하게 된다.
- 헤어지고는 싶은데 다른 남자를 만날 자신이 없고, 혼자인 게 싫어서 그냥 사귀고 있다.
- 평소에 애교가 없고 무뚝뚝한 자신이 답답하다.
- 잘 참는 편이고, 내가 원하는 걸 솔직하게 말하지 못하는 성격이다.
- 아버지, 혹은 직장에서 남자동료들을 어떻게 대해야 할지 모르겠다. 남자가 두렵고, 어렵다.

이상 20가지 항목을 적었는데 5개 이상 해당되면 무수리라고 할 수 있다. 항목이 전부 내 이야기라는 분은 없겠지만, 해당되는 개수가 5개 이상으로 많은 분도 있을 거라 본다.

테스트를 하고 '어, 내가 딱 무수리네⋯ ㅠㅠ' 하고 풀이 죽어 있는가? 아니면 '이런 말도 안 되는 글은 뭐야!'라며 화를 내고 있는가? 글쓴이는 누군가를 '무수리'로 규정짓고 비웃거나 혼내려는 게 아니다. 테스트는 현재 자신의 상태를 진단하는 것일 뿐, 그 이상도 그 이하도 아니다.

강조하지만 이런 독설에 가까운 글을 굳이 쓰는 이유는 많은 분들이 더 행복한 연애를 하길 바라는 마음에서다. 자기의 현재 모습을 있는 그대로 받아들이고 인정하는 것이 변화의 첫걸음이니까.

힘내자. 이제부터 차근차근 배워나가면 된다.

1부

무수리에서 여왕으로

마인드 편

여왕은 세상이 공평하지 않음을 안다

#1. 기울어진 저울의 법칙

그녀는 평범한 외모다. 키는 160이 안 되고, 몸매는 뚱뚱한 건 아니지만 날씬하지도 않다. 종아리는 가는데 발목이 두꺼워서 스커트를 입으면 안 어울린다. 집안이 잘 사는 것도 아니고, 스펙은 보통이다. 그렇다고 철철 녹는 애교가 있는 것도 아니다. 객관적인 조건만 놓고 보면 내 쪽이 좀 더 나은 것도 같다.

그런데 나는 솔로고, 그녀는 키 180에 해외유학파 공기업에 다니는 남친이 있다.

여러분 주변에 이런 사람이 있는가? 이런 그녀를 지인이나 친구로 두었다면 한 번쯤 생각해봤을 것이다.

'전생에 나라를 구한 것도 아닐 텐데… 누구는 이 좋은 봄날에도 방콕인데 모임 때마다 남친이 차에 태워 모셔오고, 모셔가는 A양, 대체 사랑받는 비결이 뭘까? 에잇, 이 더러운 세상!'

이뿐만이 아니다. 고등학교 시절 내내 날라리로 수업시간엔 졸고, 쉬는 시간엔 빵셔틀을 주도하던 동창 B양. 그녀는 매번 남자를 타잔 줄타기 하듯 갈아타더니 그러고도 부잣집 회계사한테 시집가서 잘 먹고 잘사는 중이다.

이 상 과
현 실 은
다 르 다   현실이 이런데도 '그래도 세상은… 공평한 거야'라며 자기기만을 반복하고 있다면 이제 정신 차리자. 이건희네 집 아이들과 당신이 정말로 취업에서 공평한 기회를 가질 수 있다고 생각하는가?

탤런트 김태희와 당신이 정말로 남자들에게 동등한 대우를 받을 거라고 생각하는가? 정말로 현대사회는 남녀평등이 이루어졌다고 생각하는가?

세상은 절대로, 절대로 공평하지 않다. 그리고 아직까지 우리 사회는 구호는 그럴싸하지만 절대 남녀가 평등한 사회가 아니다. 사람은 모순된 존재라서 생각과 행동이 다르다.

공평해야 한다고 생각하지만 실제로 행동은 그렇지 않다. 공평함을 재는 저울이 있다고 하면 저울의 눈금은 아주 미세하게라도

0에서 벗어나 기울어져 있다.

게다가 남녀평등을 부르짖어서 여자들의 삶이 얼마나 나아졌는지 생각해보라. 예전엔 결혼하고 살림만 하면 되었지만 이젠 집안일은 집안일대로 하고 맞벌이로 돈도 벌어야 한다. 소개팅 나가서 "저는 현모양처가 꿈이예요."라고 하는 순간 남자는 더 이상 연락하지 않을 거다.

전엔 데이트 비용을 남자가 대부분 부담하는 게 이상한 일은 아니었는데, 이제는 여자도 지갑을 열지 않으면 남자를 홀랑 벗겨먹으려는 무전취식녀(?) 취급을 받는다.

상황이 이러한데 과연 평등한 게 좋은 거라고, 세상은 공평해야 한다고 말할 수 있을까? 남친이 우리 서로 공평하게 바래다주는 거 퉁치고 각자 집으로 가자면 과연 평등해서 기분이 좋을까?

남녀가 평등하다, 이제는 여자가 먼저 대시해도 된다, 적극적인 여자가 인기 있다, 여자도 돈을 써야 한다 라며 누가 당신을 세뇌하려거든 그를 피해라. 물론 그 사람이 진심으로 하는 말이더라도, 여왕의 연애를 하는 데 있어선 하등 도움이 되지 않으니 멀리하라는 이야기다.

특히나 함량미달 집사후보생들은 현실과는 다른 이상적인 구호를 들이대며 자신이 꽤나 생각이 깨인 남자인 듯 포장하는 점에 주의하자. 공평하고 평등한 것도 좋지만 여자도 국방의 의무를 져야 하는 건 아니지 않은가? 여왕을 아껴줄 집사후보생이라면 데이트 비용은 절반씩, 만날 때는 중간쯤 어느 역에서 등을 주장하지 않을 거다.

누군가는 이런 이야길 하면 시대에 역행하는 생각이라고, 그러다 남자 못 사귄다고 공갈협박(?)을 할 수도 있다. 그러나 여왕이 되려면 남들이 하는 소리에 조금쯤 둔감해져야 한다. 남이 내 행복을 책임져주지 않는다. 공평하게 남자와 데이트 비용을 반반 내고, 각자 집에서 중간쯤 장소에서 만나는 연애를 원하는 여자들은 그러라고 해라.

단 여왕이 되면 집사가 당신을 위해 아낌없이 지갑을 열고, 연약한 당신에게 무거운 가방은 절대 들게 하지 않을 것이며, 결혼한 후에도 굳이 맞벌이를 강요하지 않을 것이다. 공평하지만 뭔가 찜찜한 연애를 하고 싶은지, 불공평해도 행복해 죽을 것 같은 연애를 하고 싶은지 선택권은 당신에게 있다.

환경을 보호하자! 남녀는 평등하다! 이번 달부터 다이어트 할 거야!(?) 등 구호는 구호에 그치는 경우가 많음을 기억하자. 이상과 현실은 다르다. 또 생각과 마음도 다르다. 동시에 사람은 이성적이려고 하지만 비합리적이다.

예를 들어 "난 처녀보다는 경험이 많은 여자가 좋아. 서로 즐길 수 있고, 성적으로 개방된 시대잖아."라고 남자가 말했다고 해서 그 말을 곧이곧대로 듣고 행동하면 큰 낭패를 당할 수 있다. 물론 그 남자는 진짜로 그렇게 '생각'했을 수 있지만 막상 자기 여자가 과거에 남성편력이 화려했다면 '마음'이 달라질 것이다.

요즘은 연인 간에 돈 문제도 많이 불거지는데 여자가 준비할 것은 '서로 분담' 수준이지, '공평 분담'까지는 아니다. 실제로도 남자는 자기가 좋아하는 여자에게는 뭐 하나라도 더 해주고 싶어 한다. '공평 부담'을 하면 좋겠다고 생각은 하지만 행동은 그렇지 않다는 것이다.

더 많이 사랑한
당신의 이름,
무수리

#2. **연애주도권의 법칙**

세상이 공평하지 않음을 인정하자고 했는데, 연애도 마찬가지다.

커플의 경우도 아주 작은 차이지만 한 사람이 다른 한 사람을 더 사랑하게 되어 있다. 서로 똑같은 크기로 사랑해야 한다는 건 역시 구호이자, 이상일 뿐이다. 게다가 사람은 누구나 될 수 있으면 더 많이 사랑받길 원하기 때문에(이 글을 읽는 독자님도 그렇지 않나?) 서로 똑같은 크기로 사랑한다는 건 불가능하다.

이렇게 서로 사랑하는 사이라고 해도 사랑의 크기는 차이가 날 수밖에 없기 때문에 자연스럽게 연애의 주도권이 생겨난다. 다시 말해 상대방에게 행사할 수 있는 영향력에 차이가 나는 것이다.

내 말에 영향력이 없다면 아무리 잔소리 하고, 애원 하고, 심지어 협박을 해도 엉덩이에 뿔난 남친의 행동은 전혀 달라지지 않을 것이다. 반대로 눈만 조금 부라려도 오늘 내가 무슨 말실수라도 했나? 하며 남자가 옷매무새부터 단정히 한다면 내 영향력은 충분한 상태다.

　기억해야 할 것은 돈이나 권력은 많으면 많을수록 영향력이 커지지만, 사랑은 정반대라는 거다. 여자는 남자가 더 사랑하는 연애를 해야 행복하다는 말도 같은 맥락이다.

　즉 두 사람의 관계에서 약자는 더 '많이' 사랑하는 사람이고, 강자는 '덜' 사랑하는 사람이다. 아이러니 하지만 글쓴이의 말이 진짜라는 걸 연애 한두 번쯤 해본 분들이라면 공감하리라.

　덜 사랑하는 건 언제든지 이 연애가 끝날 수 있다는 걸 알고, 그 관계에 과한 투자를 하지 않는 거다. 더 사랑하는 건 현재의 관계를 '내 처음이자 마지막 사랑!' 식으로 장대한 의미를 부여하면서 그 관계에 시간, 돈, 섹스 등 모든 자원을 쏟아 붓는 것이다.

　자기의 시간, 돈, 섹스를 다 투자한 사람은 연인관계가 끝날 때 더 매달릴 수밖에 없다. 주식투자도 그렇지만 사람에게는 본전 찾기의 심리가 있기 때문이다. 많은 무수리 처자들이 그렇게 더 사랑하고, 더 많이 투자하고, 장렬하게 차이고, 이내 전사한다. 이런 걸 영화나 드라마에서는 굉장히 아름다운 것으로 미화하는데 현실로는 상처만 남는, 그야말로 '소모전'일 뿐이다.

연애주도권을   '남자는 여자에게 자신이 첫사랑이길 바라고, 여
갖게 해주는   자는 이 남자가 자신의 마지막 사랑이 되어주길
깨 달 음   바란다'

　　　　　　　글쓴이는 이 말이 관계가 깨질까봐 두려워하는
여자의 심리를 잘 표현한 말이라고 본다.

　뒤에서 자세히 이야기하겠지만 무수리 처자들이 남친에게 해야
할 말을 못하는 이유는, '사이가 나빠질까봐' 하는 두려움이 가장
크다. 관계만 유지될 수 있으면 무리한 요구도 받아주고, 불만스러
운 것도 참고 넘어간다. 내가 주인공이 아니어도, 그의 인생 한 자
락에 걸쳐 있기만 하면 된다는 식이다. 과연 그런 관계가 여자를
행복하게 할 수 있을까?

　연애의 본질은 어디까지나 '탐색전'이자, '예선전'이다.

　여러 이성을 만나보고, 그중 가장 괜찮은 사람을 선택해 결혼에
이르도록 하는 과정이 연애다. 그런데 많은 여자들이 관계를 '잘'
유지하려고 애를 쓰다가 연애가 탐색전인 동시에 예선전임을 망
각해버린다. 예선에서 자기 실력을 다 발휘하는 프로선수가 있나?
예선은 어디까지나 본선으로 가기 위한 관문일 뿐이다.

남자는 이 부분에 능하다. 이들은 선천적으로 '현재지향적'이라서 연애를 할 때는 연애 생각만 한다(맞선 제외). 사귀기 전부터 이 여자가 신붓감으로 적절한가? 고민 같은 건 없다. 정말 결혼을 해도 될 여자인지 아닌지는 사귀다보면 알겠지 한다. 이런 태도 때문에 그들은 관계에 좀 더 자유롭다. 헤어지면 이내 다른 상대방을 찾아 나선다. 안 맞는 후보는 예선에서 탈락했을 뿐이니까.

그래서 남자들이 가장 이해 못하는 것 중 하나가, 오래 사귀었다고 엄마처럼 잔소리를 하거나 마누라처럼 일일이 간섭하려는 태도다. 얼마나 오래 사귀고, 그 기간 동안 동거를 했든 뭘 했든 연애는 예선이고, 시뮬레이션이라고 보는 것이다.

헤어지면서 너랑 나랑 10년을 사귀었는데, 우리 부모님이 널 어떻게 생각하는데ㅠㅠ 라는 여자의 호소에 미안하기는 해도 어쩔 수 없다고 생각한다.

반면에 여자, 특히 무수리 처자는 '연애＝결혼의 연장선'으로 여기고, 결혼한 다음에 해도 되는 헌신을 미리 바친다.

남친이 나한테 돈 쓰는 걸 아까워 하지만, 결혼하면 돈을 모을 수 있으니까 괜찮아… 정말 그 남자도 그런 생각에서 당신한테 돈을 안 쓰는 걸까? 남자의 행동을 군이 내가 변명하고 합리화해야 한다면 그 관계는 다시 짚어봐야 할 것이다.

글쓴이가 남초 연애카페에서 활동하던 때, 제법 많은 여자를 울리고 다니던 한 남자가 이런 이야길 해주었다.

"사람들이 사랑에 목매는 이유는 다음번엔 이런 사람, 또는 이런 감정, 다시는 못 만날 거 같다는 두려움 때문이다.

나도 저런 생각 때문에 한두 번 정도 힘들었는데, 세 번째쯤 되니까 착각일 뿐이라는 걸 알게 되더라. 그게 벌써 8년 전…"

그렇다. 연애의 주도권은 바로, 지금의 연애는 진정한 내 반쪽을 찾기 위한 예선전이자 탐색전임을 기억하는 데서 나온다.

탐색의 결과 지금 연인이 평생 내 반쪽이 될 수도, 그렇지 않을 수도 있다. 그러니 결혼식 날 잡은 것도 아닌 남자한테 과하게 쏟아 부을 필요는 없다. 그가 하자는 대로 다 응해주지 말고, 예비 시댁이라며 벌써부터 잘 보이려 애쓰지 마시라. 진정한 사랑과 헌신은 예식장 잡은 후에 해도 늦지 않다.

여왕이 되고 싶다면 '헌신하다 헌신짝 된다'는 네티즌 명언을 기억하도록 하자.

미국의 사회심리학자인 레온 페스팅거(Leon Festinger)는 '인지 부조화'에 대한 실험을 했다. A와 B라는 그룹을 만들어, A그룹은 낮은 급료로 힘든 일을 시키고, B그룹은 편하지만 급료를 많이 주는 일을 시켰다.

상식적으로는 불평을 해야 정상인데 A그룹에게 '어째서 이 일을 계속합니까?'라고 물으니 '재미있어서', '즐거워서'라는 식으로 자기 일을 긍정하는 이유를 답했다고 한다.

즉 인지 부조화는 심리적으로 상반되는 두 가지 인지 요소(사상, 태도, 신념, 견해)가 있을 때 발생하는 긴장상태인데, 쉽게 말해 사람은 자신의 행동과 생각을 일치시키려는 경향이 있다는 것이다. 연애에서도 이와 같은 현상이 일어난다.

헤어진 연인을 못 잊고 매달리는 경우도, 내가 이만큼 헌신하고 매달리는 것을 보니 나는 이 남자를 죽을 만큼 깊이 사랑한다는 자기 합리화가 작용하는 것이다.

결론은 상대방을 좋아하니까 참고 잘해준다는 말은 사실이 아니다. 참고 잘해주기 때문에 상대방을 사랑한다고 느끼는 것이다. 우리의 뇌는 쉽게 착각한다.

여왕은
반 박자 느리게
움직인다

앞서 무수리 처자들이 연애주도권을 잃는 건 연애가 예선전이자 탐색전임을 잊어버리고, 조급한 헌신을 바치기 때문이라고 했다. 그렇다면 무수리 처자는 왜 조급한 헌신을 바치게 되는 걸까?

글쓴이는 무수리가 여왕이 되지 못하게 막는 심리적 장애물을 크게 세 가지로 본다. 그것은,

1 · 시간(외모가 추해질까봐)에 대한 두려움
2 · 관계(사이가 나빠질까봐)에 대한 두려움
3 · 자기를 표현하는 것(헤픈 여자가 될까봐)에 대한 두려움

이 세 가지다. 바꿔 말해 이 세 가지 심리적 요인을 극복하면

무수리 처자는 여왕이 될 수 있다는 것이다!

그러면 먼저 '시간에 대한 두려움'에 대한 이야기를 나눠보도록 하자.

**무수리는
늘 마음이
급 하 지**   〈인타임(In Time, 2011)〉이라는 영화가 있다. 저스틴 팀
버레이크와 아만다 사이프리드, 인기 높은 두 훈남훈
녀 배우가 주연을 했는데도 쫄딱 망한 영화지만 신선
하고 나름 재밌는 영화였다.

이 영화의 큰 설정은 타임 이즈 머니(Time is Money), 즉 시간이 돈으로 환산되는 어느 미래사회가 배경이다.

커피 4분, 버스요금 2시간, 스포츠카 59년…

이렇게 시간이 곧 돈이기 때문에 부자들은 사고를 당하지 않는 한 영생을 누릴 수가 있다. 반면에 빈민은 죽을 둥 살 둥 일해야 겨우 하루치의 목숨을 보장받는다.

남주인공은 우연찮게 '거액의 시간'이 생겨서 빈민층은 갈 수 없는 부유층 동네로 몰래 넘어간다. 사람 사는 게 뭐 다르랴 싶어 늘 하던 대로 행동하지만, 빈민 출신인 남주인공은 부유층과 구별되는 특징적인 행동을 한다. 그래서 식당에서 졸부티를 내고 있는 그에게 어떤 여자가 묻는다.

여자 ・ 여기 사람이 아니시죠?

윌 ・ 왜 그렇게 생각하죠?

여자 ・ 왜냐하면 여기 사람들은 아무도 당신처럼 달리지 않거든요.

그렇다! 달리기. 부유층 사람들은 시간이 많으니까 늘 슬로우 슬로우… 천천히 걷고, 천천히 움직인다. 반면에 빈민가에서는 시간이 늘 부족하니까 평소에도 빨리 걷고, 이동할 때는 냅다 뛴다. 남주인공은 당연히 육상선수 못지 않은 실력이다. ㅎㅎ

이 영화 이야기를 왜 하는고 하니 여왕은 슬로우 슬로우… 절대 조급해서는 안 된다는 것이다. 우리나라 조선시대에도 양반은 절대 뛰지 않았다. 종종 거리며 뜀박질 하면 상놈이라 했다. 그러면 어떤 태도를 보여야 여왕이라고 할 수 있을까?

예를 들어 여왕이라면 남친의 카톡에 10분 후에 답한다. 약속 시간에는 20분 정도 늦게 나가 그에게 기다리는 즐거움을(?) 선사한다. 연락을 기다릴 때도 재촉하지 않는다. 전화연락이 안 될 때 어디냐고 문자 50통, 부재중 전화 100통, 여왕은 이런 짓 하면 안 된다.

남친과 밥을 먹고 난 후에는 남친이 계산할 수 있도록 지갑은 천천히 꺼낸다. 예비시댁에 인사는 될 수 있으면 천천히 간다. 남친이 무얼 해달라면 무수리처럼 즉시 해다 바치지 말고 급해서 지가 팔 걷어붙이고 나설 때까지 기다린다. 스킨십 진도? 당연히 천천히 나간다!!! 여왕은 쉽게 얻을 수 있는 여자가 아니니까!

소개팅 자리에서 결혼 계획 있어요? 가족관계는? 이런 거 묻는 여자가 매력 없는 건 조급함이 눈에 보이기 때문이다. 아무리 예뻐도 조급한 여자는 매력 없다. 물론 속으로는 조급해서 미칠 지경이라도, 겉으론 우아한 한 마리 백조처럼 굴어야 유리하다. 여왕이 되고 싶다면 절대 남자보다 급해서는 안 된다.

독자님들이 지금 20대 혹은 30대라면 아직 살날이 많이 남은 사람들이고, 따라서 연애를 할 기회도 충분하다. 문제는 시간과 기회가 충분함을 잊어버리고, 내일이란 없는 듯 눈앞의 상대방을 붙잡는 데만 올인한다는 점이다.

이 글을 읽게 된 독자님 중 상당수는 '조급함' 때문에 이 책을 펼치게 되었을 것이다.

어떻게 하면 나도 빨리 모태솔로에서 벗어나서 커플이 될 수 있을까? 어떻게 하면 빨리 그의 마음이 돌아오게 할 수 있을까? 어떻게 하면 하루빨리 나도 행복한 결혼을…

아니라고 말 못하겠지? 〈인타임〉의 영화 포스터에도 나온 문구지만 여왕의 구호는 "타임 이즈 파워, 타임 이즈 머니(Time is

Power, Time is Money)"다. 급한 쪽이 남자가 되어야지 여자가 되면 여왕 대접 받기 힘들다.

혼자 늙어갈지도　그러나 글쓴이는 전직 무수리로서(?) 시간 때
모　른　다　는　문에 예민한 무수리 처자들의 심정을 100%
두　　려　　움　이해하고도 남음이 있다. 나는 여자가 35살이
넘도록 결혼을 안(못) 하면 인생이 그날로 끝
나는 줄 알았던 사람이다.

　연애는 꾸준히 했는데 결혼이라는 결과 없이 서른을 넘자 조금
씩 초조해지기 시작했고, 33살 무렵에는 완전 패닉 수준이었다. 그
냥 선을 봐서 적당한 남자만 나타나면 결혼할 마음으로 가득했다.

　남자들은 어린 여자를 좋아하는데… 여자는 크리스마스 케이크
같아서 24살이 절정이고, 25살부터는 내리막이라는데… 서른이
넘으면 고위험 임신이라는데… 기형아가 나올 확률이 높다는데…

　여자는 늘 이런 말을 TV드라마에서, 영화에서, CF에서, 주변에
서, 인터넷에서, 친구들에게서 들으며 자란다. 이런 생각들이 사실
이라고 믿었던 나는 33살쯤 또 한 번 축구공처럼 뻥 차이고 나니,
이제 다시는 나를 사랑해줄 남자를 못 만날 거라는 절망으로 정상

적인 생활이 힘들 정도였다.

서른도 훨씬 넘은 여자를 누가 사랑해줘? 내가 얼굴이 예쁜가, 몸매가 죽여주나? 모아놓은 돈이 많나?

그런데…

막상 경험해보니 여자의 인생이 서른 중반을 넘는다고 그날로 끝나는 건 아니더라는 것이다.

35살이 넘었다고 내 얼굴이 그날로 쭈그렁 할머니가 된다거나, 폐경이 온다거나 하는 일은 생기지 않았다. 세상 남자들이 35살 넘은 여자라며 나를 투명인간 취급하는 것도 아니었다. 오히려 조급함을 버리면서 여왕의 법칙을 실천했더니 34살에는 여태껏 만났던 남자 중에 최고로 괜찮은 남자가 연인이 되었다.

이게 글쓴이만 가능한 일이라고는 생각지 않는다.

결국 여자들이 관계에 대해서 조급해 하는 이유는 '시간이 없다(부족하다)'는 그 오해 때문이다.

진화심리학에서는 여자는 평생 동안 배란할 수 있는 난자의 갯수가 정해져 있기 때문에, 본능적으로 남자보다 시간에 더 조급함을 느낀다고 설명한다. 쉽게 말해 여자 스스로 나는 몇 살까지만 번식할 수 있어! 라는 제한을 가한다는 이야기다.

진화심리학이 아니더라도 지금 우리 사회에서 여자는 이런 교육을 받고 자란다.

젊고 사랑받을 수 있는 시간은 20대 뿐이니까, 더 나이 먹기 전에 하루라도 빨리 좋은 남자 잡아 '결혼'이라는 메달을 따서 목에 걸라고(요즘은 예전보다는 이런 압박이 덜해진 편이긴 하지만).

직장에서 유능해도 결혼을 안 했거나 남친이 없으면 뭔지 모르지만 성격에 결함이 있는 여자로 취급받는 사회…

이효리 같은 섹시 아이콘도 나이 서른이 넘으면 늙었다는 농담의 소재가 되는 사회…

게다가 경제가 어려워서 남자들이 독립하고 한 사람 몫을 하는데 시간이 더 걸리는 요즘이다. 그러자 점점 더, 점점 더 조급해지고, 조급해져서, 연인관계에서 남자가 담당해야 할 몫까지 나서서 짊어진 가장 조급한 여인네들은 자기도 모르게 무수리 신세가 되고 말았다.

여왕이 되려면 시간에 대한 두려움을 극복해야 한다. 소개팅남이 빨리 사귀자고 고백해주길 바라는 마음, 남친이 빨리 카톡 답을 해주었으면 하는 마음, 남친이 빨리 프러포즈 해주길 바라는 마음… 그런 마음에서 벗어나는 것이다.

자신의 젊음이 모래시계에서 떨어지는 모래처럼 조마조마하게 느껴진다면, 괜찮은 집사가 아닌 그저 그런 함량미달 남자들과 막장 연애에 빠질 수 있다.

자기야 어디야? 뭐해? 나 이거저거 하는데, 언제 만날래? 그날은 뭐할 건데? 등… 무수리 처자들은 남친이 제 시간에 전화나, 문자, 카톡 답이 없으면 득달같이 그를 재촉한다.

헤어진 지 몇 시간 안 됐는데도 이런다는 점이 문제다. 물론 사귄 지 3개월 이내 연애초기에는 둘 다 죽고 못 사니까 상관없다. 하지만 유경험자들이 입을 모아 증언하건대 남자는 전통적으로(?) 관계가 안정적이 됨과 동시에 연락이 뜸해진다.

그래서 무수리 처자들이 '먼저' 연락하고, '먼저' 만나자 하고, '먼저' 놀아달라고 조르는 시간이 많아진다.

연락은 그렇다 치자. 늦게 군대에 갔다 온 남친이 취업재수라도 하고 있으면 남친을 먹여 살리는 건 먼저 직장인이 된 무수리 여친이다. 남친이 공기업에 취업만 하면 그때부터는 나를 행복하게 해줄 거라 믿으면서…

앞서 말했지만 이렇게 헌신하면 나중에 남자는 "너도 좋아서 한 일이잖아?"라는 말을 남기고 떠날 것이다.

연애의 시계는 천천히 갈수록 좋다는 점을 명심하자.

자기를
사랑하지만
난 나를
더 사랑해

#4. **사만다의 법칙**

　무수리가 여왕이 되지 못하는 두 번째 두려움을 고찰해보자.

　두 번째 두려움은 '관계에 대한 두려움'이라고 했다. 풀어서 쓰면 '관계가 나빠질까봐 걱정하는 두려움'이다. 관계가 나빠질까봐 (상대방이 싫어할까봐) 두려워서 무수리 처자들은 자기주장을 양보하고, 배려를 하고, 마음에 없는 칭찬을 한다.

배려가	글쓴이의 무수리 시절 이야기다.
여자를	6개월에 한 번 꼴로 연락이 오는 구남친이 있었다. 결
망친다	혼도 했고 애기아빠 되어 잘 산다는 소식을 들은 터
	라 결혼했냐면서 궁금하다고 가끔 문자가 오면 그러

려니 하고 꼬박꼬박 답문자를 해주었다. 결혼이야기가 나왔다가 헤어진 사람이라 나름 구남친을 배려한다는 생각이었다.

그러다가 어느 날 또 문자가 왔는데 이번엔 집에 놀러오라는 내용이었다. 와이프 친정 갔다고;; 이런 어이상실 경우를 봤나!

그때 아, 이건 정말 아니지 싶어 나를 어떻게 보는 거냐고 다시는 연락하지 말라고 했다. 그 후로 몇 달 뒤에 또 연락이 왔다. 뭐 하냐며 얼굴 좀 보자는 내용이었다. 나는 화가 솟구쳤다(마침 야근 중으로 회사에 있었음).

"왜? 용건이 뭔데?"
"뭐 이것저것 보여줄 것도 있고, 사업 아이템도 알려주려고."
"월급쟁이가 무슨 사업 아이템이야, 귀찮아. 연락하지 마."

여기까지 문자 답을 하고 났더니 귀찮고 짜증나는 것은 그렇다 치고 나 자신이 몹시도 한심하게 느껴지는 거였다.

나는 대체 왜 문자 답을 꼬박꼬박 하고 있는 거지?

구남친을 배려한다고? 과연 나는 구남친이 자꾸 연락해서 귀찮게 하는 데 대한 내 마음, 나 자신, 내 시간은 배려하고 있나??? 개념상실 구남친 덕에 내가 얼마나 타인 위주로 생각하고 행동하는 데 길들여졌던가를 발견한 순간이었다.

대부분 우리 여자들은 배려가 지나쳐 탈인 경우가 많다. 남 배려를 하다보니 거절도 잘 못한다. 상대방이 기분 상할까봐 어떻게든 좋게 대하려는 것이다. 싫은 소리 듣고 싶지 않으니까.

연애 상담 가운데 본인은 내키지 않는데 남친이 원해서 하는 섹스 때문에 고민이라는 이야기가 엄청 많다. 왜 거절하지 못하냐고 물으면 남친이 화를 낼까봐, 사이가 나빠질까봐 걱정되어서 그렇다는 답이 돌아온다.

물론 거절하면 상대방이 기분 나쁠 수 있다. 하지만 나의 거절이 잘못된 건 아니지 않은가? 거절은 정당한 나의 권리다. 상대방의 욕구도 소중하지만 나의 욕구는 더 소중한 걸.

중요한 건 내가 배려를 하는 만큼 상대방도 나를 배려해야 한다는 거다. 그런데 무수리 처자들은 자기는 배려하면서 상대방의 배려는 못 받는 서러운 연애를 한다. 남친에게 불만이 있어도 참고 또 참다가 딱딱한 참나무(?)가 된다.

그러는 사이에 본인은? 자신의 욕구와 기분은 누가 배려해줄까? 내가 나를 배려하지 않고 존중하지 않는데 상대방이 먼저 나서서 그래줄 거라는 건 완전한 착각이다. 물론 배려하는 태도는 장점이기도 하고, 충분히 사랑받아 마땅한 덕목인 것은 맞다. 하지만 매사에 남의 눈치 보는 사람은 뭔지 모르게 매력 없다는 점… 혹시 공감하는지?

**착한 여자이길
포 기 하 면
행복해진다**

예전부터 많이 알려진 '착한 여자 콤플렉스'라는 말이 있다. 글자 그대로 착하게 굴어야 사랑받을 수 있다고 생각하고, 부당한 대우에도 참고 희생하면서 스트레스 받는 여자의 심리를 말한다.

착한 여자 콤플렉스는 특히 자신감이 없는 무수리 처자에게 자주 나타난다. 외모가 예쁘지 않으니 성격이라도 착해야지! 라고 생각하는 식이다. 자신감이 없으니까 별로인 관계라도 유지하지 않으면 혼자가 된다는 두려움이 크다.

그러다 보니 상대방이 지나가는 말만 해도 필요한 거 여긴다며 더 갖다 바치고 헌신한다. 그 뒤에는 '내가 이렇게 잘해주는데 남친이 설마 나를 떠나지 않겠지'라는 심리가 깔려 있다.

그런데 남자는 아무리 여친이 잘해주어도 매력 없이 엄마처럼 굴기만 하면 떠나게 되어 있다. 남자에게 매력 있는 여자는 하자는 대로 다 해주고 퍼주기만 하는 여자가 아니다. 매몰차게 거절하면 '나쁜 년'이라고 욕은 해도 돌아서서는 '저 여자 한 번쯤 정복해보고 싶다' 의지가 불타오르는 게 남자의 심리다.

글쓴이는 예전부터 '이기적인 사람이 연애도 잘한다'라고 주장해왔다. 또 자기중심적이 되어야 한다고도 했다. 착한 여자 콤플렉스에서 벗어나면 행복하다는 거다.

이런 말을 하면 무수리 처자들은 혼란스러워 한다. 사랑은 원래 이타적인 거 아닌가요? 상대방을 위해 희생하는 거 아닌가요?

글쎄다. 나는 상대방을 행복하게 해주는 일이 나 자신의 행복보다 우선이 되어선 안 된다고 본다. 상대방도 소중하지만 어쨌거나 가장 중요한 것은 나의 마음, 나의 행복 아닐까?

이제부터 이기적인 사람은 '자신을 잘 돌보는 사람'이라고 하자. 또 다른 표현으로는 자신이 만족하기에 타인을 배려할 여유가 있는 사람이라고 해보자.

헤어질까봐, 차일까봐 무서워서 그의 눈치만 살피고 늘 욕구불만인 상태로는 아무리 상대방에게 잘해주려고 해봐야 모두 '억지'에 지나지 않는다. 사람의 마음이란 깊은 수준에서 연결되기에 시간차는 있겠지만 억지스런 배려에 상대방도 곧 불편함을 느낄 것이다.

미드 〈섹스 앤 더 시티〉의 네 주인공 중의 한 명인 사만다를 기억할 것이다. 사만다는 여왕의 연애를 아는 캐릭터다. 어떤 사람들은 '헤픈 여자'라고 욕하기도 하지만 사만다는 그런 평가를 두려워하지 않는다.

욕먹는 일이 두렵지 않으니 어떤 사람과도 쉽게 사랑할 수 있고, 상처받지 않고 자유롭게 떠날 수 있다. 쿨한 그녀를 사랑하는 남자도 물론 많다(나중에 그녀는 스미스라는 초대박 연하남 애인을 건지지 않던가!)

사만다의 명언이다.

"I love you too Richard, But I LOVE ME MORE."

리처드, 나도 자길 사랑해. 하지만 난 나를 더 사랑해.

자기애에 충실할 때 행복한 여왕의 연애를 할 수 있다.

이제부터는 내가 이렇게 하면 그 사람이 행복할까? 를 고민하지 말고, 이렇게 하면 나는 정말 행복할까? 를 먼저 고민하자.

귀찮은 텔레마케팅, 옷소매를 붙잡는 삐끼의 호객행위, 도를 아십니까, 일요일에 초인종을 누르는 낯선 교인… 그냥 잘라서 거절하는 습관을 들이도록 하자. 희망고문을 당해본 사람은 알지만 그것만큼 짜증나는 일도 없다. 내 딴에는 배려한다며 빙빙 돌려 말하는 사이에 상대방은 기대감이 커지기 때문에 나중엔 더 크게 실망한다.

물론 거절에는 섹스하기 싫은데 애걸복걸 하는 남친도 포함한다. 못 참고 성매매를 기웃거릴 사람이라면 함량미달 집사후보생이니 더 볼 것도 없다.

미니스커트를 입는
여자의
두려움

#5. 양가감정의 법칙

마지막으로 무수리의 세 번째 두려움에 대해 알아보자.

세 번째 두려움은 바로 '자기를 표현하는 것에 대한 두려움'이다. 여기에는 양가감정의 법칙이 작용한다. 원래 양가감정의 의미는 동일한 대상에 대해서 좋아하는 마음과 싫어하는 마음을 동시에 갖는 것을 말한다.

사랑하는 남친이지만 어떤 때는 죽빵을 날리고 싶을 만큼(?) 미울 때가 있을 텐데, 그 경우를 생각하면 쉬울 것이다.

그리고 글쓴이가 말하는 양가감정은 원래 의미에 다른 의미가 추가된 여자의 깊은 심리적 딜레마를 가리킨다.

헤픈 여자로 보이면 어쩌지?!　　가끔 지하철역 계단에서 아슬아슬한 미니스커트를 입고 계단을 오르는 처자들을 볼 수 있다. 치마가 짧다보니 저러다 속옷 보이는 건 아닐까 싶어 여자인 나도 조마조마하다. 당사자도 뒤따라 올라오는 중년 아저씨가 신경 쓰이는지 작은 핸드백으로 치마의 아랫단을 겨우 가리고 불편한 걸음을 옮긴다.

남자들은 여자의 이런 모습을 볼 때 정말 이중적이라며 불평을 하곤 한다. 보일락 말락 한 거 뻔히 알면서 하의실종 패션을 고수했을 때는 '내 다리 예쁘죠~ 여기 좀 봐주세요~'라는 뜻 아니냐는 것이다. 그래서 본능에 충실했을 뿐(?)인데 막상 쳐다보면 기분 나쁘게 생각하고 치한 취급하는 건 억울하다는 주장이다.

얼핏 그들의 이런 주장이 맞는 말인 것도 같다. 미니스커트뿐만 아니라 가슴골이 보이는 티셔츠, 망사로 된 야한 속옷을 입는 여자의 심리는 과연 무엇일까?

여자는 누구나 자기가 한 사람의 여성임을 표현하고 싶은 욕구가 있다. 하지만 이런 여성미와 섹시함, 성적 욕구를 표현하자니 사회적인 시선과 평판이 부담스럽다. 그러다 보니 드러내는 건 괜찮지만, 절대로 헤퍼 보이면 안 된다는 제재를 가하게 된다. 이것이 여자의 양가감정이다.

남자들은 이해하기 어렵겠지만 여자들에게 '헤픈 여자(혹은 쉬운 여자)'로 보일지도 모른다는 두려움은 엄청나다.

매체에서는 요즘 성범죄 위험성이 날로 높아지고 있으니 여성들은 밤늦게 다니지 말고, 노출이 심한 옷차림을 자제해달라는 뉴스를 내보낸다. 한 마디로 헤퍼 보이면 범죄의 표적이 된다는 걸 암시하는 것이다(덧붙이지만 정말 잘못된 생각이다).

무대 위에서 혀를 날름거리고 자기 허벅지를 쓰다듬는 섹시한 이미지의 걸그룹 멤버에게는 팬도 많지만 안티도 많다.

무명의 연예인이었던 오랜 연인과 헤어지고 돈 많은 재벌과 약혼한 여자 연예인도, 밥 사주는 오빠, 영화 같이 보는 오빠, 레포트 써주는 오빠… TPO에 맞게 남자를 만날 수 있는 공대 홍일점도 욕을 먹는다. 모두 '헤프다'는 이유다.

그런데 위에 예시를 든 그녀들에게는 특징이 있다. 자신의 여성적인 아름다움을 잘 표현하고, 그게 이성에게 어떻게 어필하는지를 알고 잘 활용한다는 점이다. 자기가 무얼 원하는지 알고, 자기 욕구에 충실하다. 그래서 그녀들은 명예와, 인기와, 돈 많은 배우자와, 생활의 편리함을 얻게 되었다.

이쯤 되면 무수리 처자들은 패닉에 빠질 수 있다.

이건 뭐임? 여자는 헤프면 안 된다고 배웠는데, 나를 드러내면

안 된다고 눌러왔는데 이제 보니 쉬워 보이는 저 여자들이 원하는
건 다 가졌잖아?

여 자 는 헤퍼 보이면 어쩌지? 라는 두려움 때문에 무수리 처
표현할 때 자는 남친과 섹스 할 때 난 여기를 만지면 제일 좋
아름답다 던데… 라는 말을 차마 할 수가 없다.

　　　　쉬워 보이면 어쩌지? 라는 두려움 때문에 무수리
처자는 길에서 "저기요, 제 스타일이셔서 그런데 전화번호 좀…"
묻는 훈남으로부터 뒷걸음질을 친다.

　헤퍼 보일까봐, 쉬워 보일까봐 라는 두려움이 있는 무수리 처자
는 자신이 원하는 걸 적극적으로 표현하지 못하게 되고, 동시에
연애주도권도 놓치고 만다.

　앞서 양가감정 이야길 했지만 양가감정은 기본적으로 한 사람
의 내면에서 일어나는 갈등이다. 서로 반대방향으로 가려는 두 힘
이 동일하게 작용하면? 물체는 제자리에서 꼼짝도 할 수 없다.

　나를 표현하고 싶지만, 주목받는 게 부담스러워서… 계속 망설
이면 모태솔로는 영원히 솔로로, 무수리는 영원히 무수리로 남게
되는 것이다.

여자는 꽃이다. 외모는 상관없다. 제각각 다른 종류의 꽃이니까. 그렇게 아름답게 피어난 꽃은 자신의 아름다움을 적극적으로 표현해서 벌과 나비를 유혹하는 것이 자연의 법칙이다(자연의 법칙이라니 너무 거창한가?)

지금은 자기 PR시대다. 블로그든, 페이스북이든 적극 활용하는 것도 훌륭한 센스다. 나의 매력과 장점을 표현하다보면 자연스럽게 사람들의 이목을 끌게 되고, 그들 가운데 괜찮은 집사후보생을 발견할 수도 있다.

누군가 나를 알아봐주겠지. 기다리면 언젠가 짝이 나타나겠지 하는 사이 경쟁자들은 좋은 남자를 하나둘 품절시키고 있지 않은가?

글쓴이가 '자기를 표현해라'고 조언하면 어렵지 않게들 생각한다. 꾸미는 거라면 어느 정도 자신 있고, 내 생각과 감정을 솔직하게 말로 표현하는 거? 쉽지! 하는 것이다.

하지만 자기를 잘 표현하려면 상당한 내공이 있어야 한다. 특히 주의할 것은 자기를 표현할 때 부정적인 내용은 '자체검열'이 필수라는 점이다. 더구나 무수리 처자들은 겸손과 사양(쉽게 말해 한 번은 거절하고 보는)을 미덕으로 여겨서, 무의식중에 자기에 대한 부정적인 평가를 하거나 좋은 기회를 거절하는 일이 많다.

예를 들어 누가 "참 부지런한 스타일인가 봐요~" 하면 손사래를 치며 "아니에요, 집에서는 며칠씩 머리도 안 감아요." 한다거나 "치아가 참 고르시네요." 하면 "아, 교정이 잘 돼서 그런가 봐요?" 하는 것이다.

누가 묻지도 않은 단점(실제로는 별로 단점도 아닌)을 솔직해야 한다며 미리 말하는 우를 범하지 않도록 하자. 구질구질 하게 헤어진 구남친 얘기도 할 필요 없다. 어차피 내 단점이 무엇인지 타인은 잘 모를 뿐더러 심지어 관심도 없다. 내가 말하기 전까지는.

안 좋은 말을 자꾸 하면 아무리 확실치 않은 짐작이나 그저 푸념이라도 무의식적으로 다른 사람들에게 '그 사람은 정말 그런 사람'으로 각인되고 만다. 그래서 본인 스스로 그 이미지를 깨기가 점점 더 어려워지는 것이다(뒤에 나올 '이미지 게임' 부분 참고).

게다가 남자는 여자보다 디테일에 약하다. 전신 성형을 했어도 어디를 고쳤는지 모르는 게 남자들이므로, 안 좋은 이야기는 생략하고 대신 자기의 장점을 위주로 어필하도록 하자. 예를 들면 이런 화법이 가능하다.

"장금이가 그러는데 내 사이즈가 딱 베이글녀 사이즈래~"
"주변에서 종종 듣는데요, 써클 안 껴도 써클 낀 것처럼 눈동자가 커 보인다고 하더라구요. ㅎㅎ"

이때는 누가 그랬다더라~ 식의 '카더라 통신'을 인용한다. 즉, 주변에서 검증받은 장점이라는 식으로 이야기하는 것이다. 사람이란 원래 불분명한 출처의 이야기에 상당히 약하다. 떠도는 이야기, 인터넷 루머 등에도 그 근거가 얼마나 명확한지 따지고 드는 사람은 별로 없다.
너무 장점만 늘어놓으면 자뻑녀라는 평을 받을 수 있으니 장점 9면, 단점 1정도(치명적 단점 아닌 시시한 단점)로 균형을 맞춘다. 이렇게 반복하면 그는 자연스럽게 당신의 노예~ ㅎㅎ

멘탈이
강해야
여왕이다

#6. 김연아의 법칙

지금까지 말한 무수리의 3가지 두려움(시간의 두려움, 관계의 두려움, 헤픈 여자의 두려움)을 극복하면 여왕이 될 기본 소양은 갖춘 셈이다. 그런데 여왕의 연애 법칙을 실천하려는 당신에게 누가 핀잔을 준다.

"정말 그런다고 남자가 넘어올 거 같아?" 내지는 "글쎄 사람마다 다 다른데 모든 남자가 그렇다고 일반화할 수 있을까?", "이기적인 여자를 누가 좋아하겠어!"

어, 긁적긁적… 정말 그런가? 내가 괜히 쓸데없는 짓 하는 건가?

이런 또, 또… 무수리 처자여, 팔랑귀 증세가 도진다고? 남의 말에 좌지우지되면 그동안의 수행은 물거품이 된다! 누구나 남의 일에 이러쿵저러쿵 평가만 하기란 쉬운 법이다(애써 영화를 만들어도 별 2개를 겨우 줄까말까 하는 영화비평가들을 봐라). 그들의 참견이 여왕의 연애에 별 도움이 되지 않는다는 걸 기억하자. 정신 바짝 차려야 한다.

이쯤에서 글쓴이는 팔랑귀 증세가 있는 무수리 처자를 위하여 명쾌하게 이 한 문장을 제시해본다.

"연애는 멘탈게임이다!"

무슨 말인고 하니 멘탈이 강한 사람이 연애를 잘한다는 뜻이고, 멘탈이 강해야 집사를 제대로 길들일 수 있다는 이야기다. 멘탈이 강해야 내가 원하는 연애를 할 수 있다.

상 대 방 이　마음에 드는 집사후보생에게 넌지시 이상형을
하 는　말 에　물어본 당신. 한편으론 약간의 기대감도 있었다.
기죽지 않는다　그런데 "제가 사귀고 싶은 사람은~"하면서 블
　　　　　　　라블라 신나게 떠드는 그의 말을 듣자니 그의
이상형과 나는 지구와 명왕성만큼이나 거리가 멀다!

이때 어떻게 할 것인가? 역시 난 안 돼ㅠㅠ 하면서 그를 포기하고 말 것인가?

이런 경우가 종종 있다. 이제 막 호감이 생기기 시작하는 상황에서 상대방의 이상형 이야기를 들으면 어, 나는 전혀 그런 스타일

이 아닌데… 하며 좌절하는 것이다(남녀공통).

하지만 곰곰이 생각해보자. 이상형은 이루어질 수 없다는 뜻을 내포한다. 까놓고 말해서 남자들에겐 김태희, 전지현이 이상형이고, 여자들에겐 원빈, 김수현 등이 이상형 아닌가?

아니, 그건 아니고 저는 현실적으로 언니한테 정말 잘하는 우리 형부 같은 남자가 이상형인데…

흠, 언니한테 물어볼까? 과연 형부라는 남자를 집사로 데리고 사는 언니는 형부를 이상형으로 생각하는지? 네가 뭘 알아? 하면서 등짝 스매싱이나 맞지 않으면 다행일 거다.

특히 모태솔로들은 이런 지레짐작으로 혼자 끓었다, 식었다 하는 일이 특기다. 그러다 보니 본격적인 연애를 시작하기도 전에 제 풀에 지쳐 나가떨어진다.

알아두자. 남자의 이상형은 매체에서 종종 접하면서 가장 괜찮다고 생각한 여자의 이미지일 뿐이다. 더 나아가 대부분의 남자는 이상형을 물으면 그제야 연예인 중에서 떠오르는 대로 말하는 경우가 많다(현재지향적). 뒤에서 이야기하겠지만, 남자란 동물은 치밀하게 삶을 꾸리고 계획하는 데 능숙하지 못하기 때문이다.

핵심은 남자들이 이상형 어쩌구 할 때 괜히 그런 말에 위축되지 말라는 것이다. 이상형에 관한 말뿐만 아니라 그들이 하는 말의 절반 이상은 과장이니 걸러듣도록 하자(허풍과 뻥이 심함).

그런데 무수리 처자들은 깨지기 쉬운 '유리심장'이라 집사후보의 지나가는 말 한 마디에 밤잠을 설치는 경우가 많다. "요즘 좀 피부가 좀 푸석해보인다~" 한 마디에 인터넷에 고민글을 올리고, 친구에게 이건 내가 싫어졌다는 뜻이지? 물어보고 더욱 절망의 나락으로 빠져 들어간다.

다른 사람들의 말에 매번 팔랑대서는 절대 여왕이 될 수 없다.

마음이 흔들릴 때면 이 결정적인 한 장면을 기억하자.

피겨 여제 김연아. 2010년 동계올림픽 쇼트프로그램 경기에서 김연아의 '웃음'은 참 오래 기억되는 장면일 거다.

라이벌 아사다 마오가 경기를 끝낸 후 카메라가 다음 순서인 김연아를 비춘 상황에서, 김연아는 약 1초간 웃음을 참는 듯한(비웃는 듯한) 야릇한 표정을 지었다. 참 강심장이다. ^^

주변에서도 증언하지만 멘탈 갑 김연아, 그녀는 실력도 실력이지만 그 강한 정신력 덕에 피겨 여제가 될 수 있었을 것이다. 모르지만 앞으로 연애를 해도 똑소리 나게 잘할 것 같다.

결국 여왕과 무수리를 나누는 것은 멘탈(정신력)이라고 해도 좋다.

호랑이에 물려가도 정신만 차리면 살아난다고 하듯, 평소에 멘탈이 강하다면 연애과정에서도 어지간한 일은 쉽게 극복할 수 있다. 사랑에 빠지면 낭만과 로맨스에만 집중하는 경우가 많은데, 로맨스가 무르익으면 결혼이야기가 나오고, 결혼이야기가 나오면서부터는 로맨스를 압도하는 험난한 여정이 펼쳐진다(웰컴 투 시월드 ㅋㅋ). 비유하자면 연애와 결혼은 장거리 마라톤이니까.

그 이전에 행여 집사가 바람이라도 났을 때, 그를 손이 발이 되도록 빌게 하고 전보다 더 충성하게 하느냐, 아니면 울며불며 찌질하게 차이느냐를 판가름 하는 것도 자신의 멘탈일 것이다. 이때 멘탈은 '메타인지'라는 말과도 뜻이 통한다.

지성이
여왕을
자유롭게 하리라

#7. 사랑의 기술 법칙

독자님들은 혹시 '픽업 아티스트(PUA)'라고 들어봤는지 모르겠다. 여자를 찍는다는 '픽업'이라는 단어에 예술가라는 '아티스트'를 합성한 말이다. 좋게 말하면 여자의 마음을 훔치는 달인이고, 나쁘게 말하면 그냥 '제비'다. ㅎㅎ

엥? 그런 것도 있나요? 하겠지만 글쓴이가 픽업이라는 게 있다는 걸 안 지도 벌써 7, 8년차가 되어간다. 그런데 아직도 순진한 아가씨들은 이런 게 있는지조차 모르는 경우가 대부분이다.

이 글을 보면 남친한테 은근슬쩍 "오빠 나는 몇 HB 정도 돼?" 물어보라. 만약 남친이 "너? 너는 한 7, 8 정도?" 하면 그는 어둠의 세계(?)에 발을 담근 적 있다는 뜻이다.

참고로 픽업 용어로 HB는 핫바디(Hot Body)의 약자다. 점수가 높을수록 미인이라는 뜻이다.

프롤로그 부분에서 언뜻 이야기했지만, 글쓴이는 본격적인 연애 수업을 남초 카페에서, 그것도 픽업 카페에서 시작했다.

그때 가장 충격을 받은 사실이 두 가지였는데 하나는 남자도 연애고민을 한다는 것과, 또 상당수 남자들이 여자의 호감을 사기 위해 따로 공부를 하더라는 거였다. 나는 연애에 있어선 항상 약자, 무수리의 입장이었던 터라 남자도 연애 문제로 고민할 거라는 생각은 꿈에도 못했었다.

아무튼 당시에도 내가 가입한 카페를 포함해서 이미 그 비슷한 모임이나 카페가 제법 있었고, 현재는 숫자가 더 많아져 셀 수 없을 정도다(지금이라도 포털 사이트에 유혹, 픽업, 헌팅, 원나잇, 오프너 등으로 한 번 검색해보고 이 책을 마저 읽도록 하자).

사회적 인식이 그리 좋은 건 아니라서 오픈된 곳도 있지만 비공개인 곳도 많다. 중요한 건 이런 모임이 얼마나 많은지, 거기에 속한 남자들이 여성을 쉽게 유혹하는 어떤 탐구를 진행 중인지? 다 알 수 없다는 거다. 무섭지 않은가?

연 애 도
공 부 하 면
더 잘 수 있다

반면 나도 이 분야에 꽤 많은 관심을 가지고 살펴보았지만, 아직까지 모임을 갖고 진지하게 남자에 대해 탐구하고 공부하는 여자들의 카페는 발견하지 못했다(제보 요망!).

어딜 가나 여자들이 모인 공간은 많다. 화장품 카페, 패션 카페, 다이어트 카페, 연예인 팬 카페, 고무신 카페 등등.

그 안에 날 괴롭히고 상처를 준 구남친을 욕하고, 어장관리남을 성토하는 글들은 많다. 그런데 그 남자들의 행동패턴이 어떤 건지 따져보고, 어떻게 유혹에서 자신을 보호하고, 좋은 남자와 나쁜 남자를 가려 사귀고, 여자와 남자의 다른 점을 이해하면서 더 사랑하고자 하는 그런 스터디는 없었다.

공부는 안 하고 신세한탄에 상처를 곱씹기만 하는데, 다음 번 남자에게 또 상처받지 않으리라는 보장이 있을까?

만나는 남자마다 같은 문제로 속을 썩인다고 하는 무수리 처자들이 있다. 잘 생각해보자. 같은 문제가 반복된다면 남자가 문제이기 전에 나에게도 문제가 있는 거다. 똑같은 방식으로 사랑에 빠지고, 똑같은 방식으로 이별을 맞고, 이런 악순환은 이전과는 다른 방식으로 대처해야 고리를 끊을 수 있다.

다른 방식? 공부가 답이다.

그리고 공부가 필요한 이유는 세상 어디에도 완벽한 남자는 없다는 점 때문이다. 2부에서 자세히 이야기하겠지만, 배우지도 않았는데 처음부터 여자가 무얼 원하는지, 어떤 행동이 그녀를 기쁘게 하는지 잘 아는 남자는 없다. 이런 걸 잘 아는 남자는 바람둥이(픽업 아티스트)거나, 트릭으로 여자를 사귀어본 경험 많은 연애 고수거나, 시누이가 7명은 되는 집안의 외동아들일 것이다.

남자들의 모임에서 글쓴이는 한동안 반성했다.

나는 남자들이 여자공부를 하는 건 오직 야동 볼 때뿐이라고만 생각했다. 하지만 전혀 그렇지 않았다. 꽤 많은 남자들이 진지하게 탐구하고 공부하고 연애준비를 한다. 여자가 무슨 말을 하면 좋아하는지, 옷은 어떻게 입어야 하는지 등등.

그런데 나만 해도 행복한 연애는 하고 싶었지만 어떤 공부도, 준비도 해본 적이 없었다.

이후로 노력한 결과 글쓴이도 원했던 행복한 연애를 하고 있지만, 이런 지식을 20대쯤에 알았다면 훨씬 좋았을 거라는 마음이다. 독자님들만큼은 글쓴이처럼 늦게까지 연애 문제로 힘들어하지 말았으면 한다. 그러려면 지금부터 공부하라고 이 글을 쓰는 중이다.

정신분석학자 에리히 프롬도 명저《사랑의 기술》에서 사랑은 감정이기보다 기술이기에 지식과 노력을 필요로 한다고 했다.

연애를 감정으로만 하려들지 말자. '사랑은 타이밍이다'라는 말처럼 연애엔 분명 전략적인 요소가 필요하다. 감성적인 연애에 이성과 논리를 더한 그 연애가 바로 여왕의 연애다.

여왕의 Advice

독서는 필수다. 주변에서 연애를 글로 배우는 건 아무 소용이 없느니 하며 딴지를 걸어올 테지만 무시하는 게 상책이다. 그리고 이 책도 연애책이긴 하지만 연애문제의 해결책이 꼭 연애책에만 있는 것은 아니다. 관심분야를 넓히고 다양한 분야의 책을 접하자. 의외의 해결책을 발견할 수 있다.

진화심리학 책으로 쉬운 것으로 골라 읽어두면 좋다. 진화심리학이라면 동굴 원시인한테나 통하는 이야기 아니냐며 거부감을 느끼는 분들이 많다. 물론 이 이론이 다 맞는다고 볼 수는 없다. 엄밀하게는 '비유적인 표현'이라고 할 것이다. 인류가 오랫동안 진화해오면서 집단무의식 안으로 받아들인 공통의 인상이라는 것이다. 알아두면 한국남자든 서양남자든 애든 어른이든 남자의 행동을 해석할 때 유익할 것이다.

뜬금없겠지만 자녀양육서도 괜찮다. 남자는 젊으나 늙으나 그저 애라는 말을 들었을 것이다. 역시 그들의 행동을 이해하고 바로잡는 데 도움이 될 것이다.

틀린 게
아니고
다른 것일 뿐

#8. 학과 여우의 법칙

이솝 우화에 나온 〈학과 여우〉의 에피소드를 알 것이다.

원전은 알려진 대로 앙숙인 학과 여우가 서로 집으로 초대한 뒤 먹을 수 없는 그릇에 음식을 담아내 골탕을 먹인다는 이야기다. 여기에서는 살짝 다른 방향으로 비틀어 상상해보자.

학과 여우는 아주 사랑하는 연인사이였다… 는 가정으로.

학은 사랑하는 여우를 집으로 초대해서 자신이 제일 아끼는 좋은 그릇에 맛있는 음식을 담아 대접했다.

하지만 여우는 입구가 좁고 긴 병에 담긴 음식을 먹을 수가 없었다. 애써 혀를 집어넣거나 병을 기울이거나 해서 조금 맛만 볼 수 있는 정도였다.

며칠 후 여우도 학을 초대했고, 역시 여우의 집에 있는 그릇 중 가장 좋은 그릇에 맛있는 식사를 담아 학을 대접했다. 학도 여우가 사용하는 넓은 접시에 담긴 음식을 먹을 수 없기는 마찬가지였다.

학도 여우도 나름대로 서로를 잘 대접한다 생각했다. 그러나 이런 일이 반복될수록 학과 여우 사이엔 오해가 쌓여가기 시작했다. 급기야는 먹을 수 없는 그릇에 음식을 담아주는 상대방이 자신을 조롱하는 게 아닐까? 라는 생각이 들기까지 했다.

'난 많이 베풀었는데… 왜 여우는 고마워하지 않을까?'

'내가 이렇게 신경 썼는데… 왜 학은 기뻐하지 않을까?'

'학(여우가)이 과연 나를 사랑하는 게 맞기는 할까…?'

**화성에서 온 집사,
금성에서 온 여왕**
무수리 처자들이 입버릇처럼 하는 말 중 하나가 "아무리 이해하려고 해도 정말 남친이 이해가 안 되네요."라는 말이다.

명쾌하게 이 자리에서 결론을 내리자. 남자와 여자는 다르다. 그러니까 서로 '이해' 할 수 없다.

학과 여우가 전혀 다른 종이듯, 남자와 여자도 다른 행성에서 왔다고 해도 좋을 만큼 사고방식이 다르다. 그리고 상대방을 사랑하는 데 꼭 이해가 필요한 것도 아니다. 이해가 안 되는 걸 이해하려고 노력하는 것부터 그만두자.

글쓴이도 처음에는 내가 상대방을 이해하면 연애의 해법이 보이지 않을까 했다. 하지만 나중에는 남자와 여자는 다르다는 걸, 서로 이해할 수 있는 범주를 넘어선 '존재'라는 걸 알았다.

집사를, 아버지를, 김부장을 이해해야 한다는 강박관념을 버리자.

있는 그대로 인정하는 거다. 나와 다르다는 걸, 이해할 수 없다는 걸 말이다. 반대로 나 또한 그들에게서 이해받을 수 있을 거란 기대를 하지 말자.

여자는 한 달에 한 번 생리를 하고 이때는 아무리 노력해도 허공에 하이킥을 날리고 싶은 짜증지수가 100이 된다. 이걸 남친이 이해할 수 있을까? 사랑하니까 이유 없는 심통을 받아줄 순 있어도, 남자는 여자가 되어보지 않는 한 그 고통을 이해할 수 없다. 서로의 입장은 아, 그렇겠구나 공감하고 '미루어 짐작' 할 수만 있을 뿐이다. 이건 이해가 아니다.

그리고 이해가 불가능한 건 서로 '다름' 때문이지, 누가 '틀림'

때문은 아니다. 여자가 생리를 하고 감정적으로 예민한 건 남자와 달라서이지 틀린 일은 아니다. 남자 역시 섹스라면 자다가도 벌떡 일어나는 게 여자랑은 다르지만 틀린 일은 아니다.

누군가의 애정을 받을 수 없는 것도 서로 취향이 다른 탓이다. 예를 들어 먼저 심남에게 고백을 했다. 그런데 남자가 자기 스타일이 아니라며 거절을 한다. 그럼 많은 무수리 처자들은 내가 뭔가 잘못된 것 같다는 자괴감에 빠진다. 이런!

그의 말은 "김상궁, 당신은 지금 내가 원하는 중전스타일과는 달라요."라는 말이지, "김상궁, 당신은 문제가 좀 있어서 어떤 남자에게도 중전이 될 수 없어요."라는 뜻이 아니다. 거절은 그 '제안에 대한 거절'이지, 나라는 사람 '존재성에 대한 거절'이 아니라는 거다.

커플들이 다투는 것도 서로 다름을 이해하지 못해서 생기는 오해 때문인 경우가 많다. 내가 아무리 사랑하는 사람에게 표현하고 잘하려 해도, 전달하는 방식이 현명하지 않으면 상대방은 결코 그 호의를 받을 수 없는 경우가 생긴다.

오해는 길게 가면 원치 않는 이별의 원인이 되지 않던가. 그래서 여자는 여자대로, 남자는 남자대로 서로 다름을 알고 상대방의 관점에서 헤아려보는 지혜가 필요하다는 이야기다.

사람은 저마다 개성이 있는 그야말로 유니크한 존재다. 사람의 개성이 모두 다른 것처럼, 연애의 모양도 저마다 다르다. 그러니 고등학교 동창 예쁜공주가 "네가 아까워서 하는 소리야~ 난 남친한테 생일선물로 명품가방 받았는데…" 하며 위하는 척 염장 지르는 말에 분개하지 말자. 경제적인 능력은 조금 부족해도 잠자리 하나만큼은 남부럽지 않다면 상관없지 않을까?(오 예~)

행복한 연애의 기준은 사람마다 다르고, 자기가 정하기 나름인 까닭이다. 하루에 연락은 몇 번, 명품 선물 몇 개, 결혼은 언제 라는 식으로 모든 연애를 자로 잰 듯 똑같이 맞출 수는 없다. 누가 뭐라 해도 일단 내가 행복하고 둘 사이에 아무 문제가 없다면 그 연애는 행복한 연애다.

남들과 조금 다른 모양새의 연애를 한다고 해서 너무 걱정하지 말자.

여왕은
혼자만의 시간을
즐길 줄 안다

#9. **독립의 법칙**

'연애를 하면 더 이상 외롭지도 쓸쓸하지도 않을 거야.'

이런 기대감 때문에 연애를 꿈꾸는 솔로라면 글쓴이는 과감하게 독자님에게 등짝 스매싱을 날릴 마음이 있다.

가장 쉽게 사람들이 많이 오가는 여성 커뮤니티 고민게시판에 들어가서 글 몇 개만 읽어봐라. 드라마도 이런 드라마가 없고, 막장도 이런 막장이 없다. 'Happy ever after'는 그야말로 동화에나 나오는 이야기다.

어쨌거나 무수리 처자들이 가장 못 견디는 것이 혼자서 무얼 하는 거다. 혼자 밥 먹는 것, 혼자 영화 보는 것, 혼자 여행 등…

연애를 해도 외로운 순간은 있다

글쓴이의 예전 일이다. 같이 뮤지컬을 보기로 했는데 그날 남친이 급한 일이 생겼다며 약속을 취소했다. 꼭 보고 싶은 뮤지컬이었는데 갑자기 같이 갈 사람을 구하지 못해서 결국 뮤지컬은 못 보고 말았다.

다음 날도 남친은 바빠서 못 만났고, 펑크 난 뮤지컬 약속에 이어 주말을 혼자 보내게 된 나는 계속 짜증이 나 있었다. 기분전환을 해야겠다 싶어 산책을 나갔는데 문득 그런 생각이 들었다.

'내가 지금 애인이 없다면 어땠을까…?'

솔로였다면 꼭 보고 싶었던 뮤지컬이니만큼 혼자라도 보러 갔을 것이고, 주말에도 책을 읽을까, 글을 좀 끄적일까, 여러 방법을 찾아 혼자 있는 시간을 즐겼을 것이다. 따져보니 주말을 혼자 보내는 게 짜증이 난 이유는 '나는 커플인데도 남친과 하고 싶은 걸 못하고 주말인데 외롭다'라는 생각 때문이었다. 말하자면 나는 '커플'이라는 프레임(틀)을 만들고 그 프레임에 비추어 나를 보고 있던 거였다.

이런 경우는 꽤나 흔하다. 남친이 자기 취향이 아니라고 같이 로맨스 영화를 안 봐준다. 혹은 입맛이 너무 달라서 좋아하는 음식을 같이 먹을 수가 없다. 가장 대표적인 경우는 쇼핑이다. 사지 않아도 구경하는 것만으로도 좋은데 남친이 혼자 가란다. 서운하다.

다른 여자들은 뭐든 남친이랑 같이 하는데, 나는 애인이 있어도 여전히 혼자인 거 같네? ㅠㅠ

그렇다면 당신은 남친을 사랑하는 걸까? 아니면 남친과의 '행위'를 사랑하는 걸까?

지금 남친이 없으면 아무것도 못하겠다는 무수리 처자는 연애하기 전 솔로 시절을 떠올려보자. 기억이 잘 안 나겠지만 혼자서 쇼핑도 하고, 친구랑 영화도 보고, 전시회도 가고, 운동도 하고 나름대로 일상을 즐기며 살았을 것이다.

핵심은 지금 남친과 함께하는 시간은 그 나름대로 즐기고, 남친이 없을 때는 '솔로인 여자'의 프레임도 가져보라는 것이다. 프레임을 적절하게 바꿀 수 있으면 연애주도권을 가지기도 쉽다. 생각해보자.

무수리 · 자기 동창회 언제 끝나? 뭐? 늦을 것 같다구? 동창회가 중요해, 내가 더 중요해?

여왕 · 동창회 마치면 연락해. 나 10시까지는 필라테스 하니까 그리 알구.

남자 입장에서 더 매력적인 여자는 어느 쪽일까? 당연히 후자

일 것이다. 남자는 사랑하는 여자가 혼자인 시간을 즐기는 모습에 질투와 매력을 동시에 느끼기 마련이다. 남자는 질투가 없다고 생각하는 데 표현하면 찌질이가 된다는 인식 때문에 안 그런 척하는 것뿐, 그들도 질투는 만만치 않다. 이런 부분만 잘 조정해도 남친과 연락 때문에 다투는 일은 확 줄어들 것이다.

덧붙여 시간이 생기면 평소에 친구들한테 연락 좀 하고 살길 바란다. 글쓴이도 반성하는 일인데 연애한다고 모든 걸 남친에게 맞추고, 잠수 타듯 친구관계에 소홀하면 나중에 후회한다.

잘 될 때는 죽었는지 살았는지 소식도 없다가 본인 힘들 때만 나타나서 나 얘기 들어줘, 술 사줘 하는 친구는 우정이 의심스러울 뿐이다. 나중에 연애 깨지고 정신 차리면 주변에 위로해줄 사람 하나도 없는 낙동강 오리알 신세가 될 수 있다.

집사만 챙겨서 여왕이 될 수 있을까? 이웃나라도 챙기고, 백성들도 두루 챙겨야 할 것이다.

결혼한 남자의 환타지 중 하나는 자기만의 공간을 갖는 거라고 한다. 어지르고 늘어놓고 쌓아놓고 해도 누가 와서 건드리지 않고 열어보지 않는 그런 공간 말이다. 로망이 될 수밖에 없는 게 결혼을 하면 아내 입장에서 그런 지저분한 공간(?)을 허용하기가 쉽지 않기 때문이다. ㅎㅎ

많은 사람들이 공감했다는 《화성에서 온 남자, 금성에서 온 여자》라는 책에 나오는 표현으로 남자는 '자기만의 동굴에 들어가는 때가 있다'라는 이야기가 있다. 남자가 동굴에 들어가면 여자 입장에서는 불안하고 무섭기 마련이다. 여자에게는 관계가 단절될지도 모른다는 두려움이 가장 크니까.

그렇다고 동굴에 들어간 남자를 억지로 끌어내면 역효과가 날 수 있다. 결국 남자가 동굴에 들어가는 게 싫다면, 동굴에 들어가지 않아도 되는 환경을 만들어주면 된다.

그 방법은 일거수일투족을 알려고 하지 말고, 평소에 서로 독립적인 시간을 가지도록 하는 것이다. 가끔 남자는 여자가 엄청난 사랑의 표현을 하는 것보다 그냥 관심 좀 끄고 내버려두길 진심으로 바라고, 그런 배려를 해주면 어떤 선물보다 고마워하기도 한다.

2부

집사 고르기 & 길들이기

액션 편

남자가
말하는
'예쁜 여자'란?

#10. 신 포도의 법칙

본격적으로 집사를 선택하고 그를 길들이는 과정에 앞서 남자의 기본 뇌구조를 알아보기로 하자.

먼저 이 글을 쓰기까지 글쓴이는 남자들 가까이에서 그들을 살피고, 엄청난 연구(?)를 거듭했음을 밝힌다. 연령을 불문하고 다수의 남자들에게 개인적 인터뷰를 통해 생각과 의견을 들었다.

그리고 내린 결론은… '남자에게는 2개의 뇌가 있다'는 것이다.

오잉? 그게 무슨 말인가요? 설마 지금 떠오르는 그거… 이야기 인가요?

바로 맞췄다. 단도직입적으로 남자는 머리에 대뇌와 하반신에 고추뇌(성기);; 이렇게 2개의 뇌를 가지고 있다.

푸하핫! 웃음을 터뜨리는 사람도 있고, 말도 안 된다고 할 사람도 있을 줄 안다. 물론 2개의 뇌, 그리고 고추뇌는 남자의 성욕에 대한 비유적인 표현이긴 하다. 적나라하지만 그렇기에 이해가 쉬울 것이다.

남자,
2개의 뇌를
가지다

아래 표는 인터넷에서 많이 돌아다니는 유머 중에 '남자와 여자의 차이'라는 내용이다. 여자는 관심 갖는 부분이 상황별로 다른데, 남자는 한결같이 '예쁘냐?'는 단순한 질문만 반복하는 걸 알 수 있다.

{ **질문에 대한 대답 차이** }

여자	VS	남자
차는 있어?	미팅 할래?	예쁘냐?
맨날 싸우겠다.	여동생 있어?	예쁘냐?
그래? 잘했네.	애인 생겼어.	예쁘냐?
누군데? 너 혼자 갔어?	어제 나이트에서 부킹했는데…	예쁘냐?
실물은 별로지?	어제 탤런트 누구지? 암튼 봤다.	예쁘냐?

많이들 공감했을 텐데, 그러면 남자에게 있어서 '예쁘다'의 기준은 무엇일까?

엣헴, 천기누설을 하자면 남자가 여자를 보고 '예쁘다'를 느끼는 것은 전적으로 '고추뇌의 판단'이다. 대뇌는 이성이고, 고추뇌는 본능, 즉 섹스욕구를 말한다. 조금 더 보태면

20대 남자의 뇌는 대뇌 : 고추뇌 = 2 : 8

30대 남자의 뇌는 대뇌 : 고추뇌 = 3 : 7

40대 남자의 뇌는 대뇌 : 고추뇌 = 4 : 6

50대 남자의 뇌는 대뇌 : 고추뇌 = 5 : 5

이런 공식으로 생각하면 된다.

혹자(글쓴이 남친ㅎㅎ)는 20대 남자의 대뇌 대 고추뇌 비율을 1:9라고 주장하기도 했지만 2:8정도로 보는 게 타당할 것이다. 남자는 할아버지가 되어도 숟가락 들 힘만 있으면 섹스를 생각한다는 말이다.

고추뇌는 될 수 있는 한 세상에 내 유전자를 많이 퍼뜨리자는 진화심리적 본능의 기지국이다. 그래서 남자에게 '예쁜가?'는 '이 여자가 성적 매력이 있고, 나와 섹스할 가능성이 있는가?'가 기준이다.

예를 들면 20대 남자가 가장 대시할 확률이 높은 그녀는 교내 대표 얼짱으로 전지현 닮은 K양이 아닌, 같은 교양수업을 듣는 여학생 중에 하의실종 패션(성적 매력)이 썩 잘 어울리고, 눈을 마주치면 잘 웃어주는(섹스 가능성) P양이다.

주목할 것은 후자의 조건이다. 많은 무수리 처자들이 남자가 좋아하는 예쁜 외모 때문에 스트레스를 받는데 그럴 것 없다. 예쁜 것도 중요하지만 고추뇌는 자신과 사귈 가능성을 더 중요하게 보기 때문이다.

가끔 외모도 뛰어나고 성격도 좋고 모든 조건이 두루 괜찮은데 유독 '안 생기는' 그녀들이 있다. 충분히 예쁘고 괜찮은데 왜 남자가 안 생길까? 정말 '그것이 알고 싶다'감이다.

남자가 대쉬하지 않는 경우는 '저 정도면 이미 애인이 있겠지'라고 생각되는 경우, 혹은 들이댔다가 까일 것 같다는 느낌을 강하게 받을 때다. 고추뇌는 남자에게 오르지 못할 나무는 쳐다보지 말라고 지령을 내린다. 비유하면 담장에 탐스럽게 주렁주렁 매달린 포도를 보고 '저 포도는 너무 시어서 못 먹을 거야' 하며 체념하는 자신을 위안하는 여우의 심정 같다고 할까?

여자도 그렇지만 남자는 특히 들이댔다가 까일지도 모른다는 두려움이 심하다(그래서 픽업 카페에서는 이런 거절공포증 극복을 집중적으로 가르치기도 한다). 까였다가 그 상처를 극복하는 데 시간을 쏟느니 적당하게 나를 받아줄 것 같은 상대 여러 명에게 들이대는 게 확률상 유리하다고 보는 것이다.

성형미인을 구별하지 못하는 남자　여자는 안다. 방싯방싯 눈웃음을 치는 저 여자, 어디어디 고쳤는지 대충만 봐도 견적이 나온다. 그런데 남자는 딱 봐도 이물감 쩌는 여잔데 어딜 고쳤는지 모르겠단다.

　말했듯 20, 30대 남자는 고추뇌의 판단을 통해 마음에 드는 여자를 선택하는데, 고추뇌는 눈이 없으니(?) 전신성형을 했어도 못 알아보는 건 어쩌면 당연한 결과이리라.

　이제 외모는 평범한데 남자들이 줄줄 따르고 어딜 가나 여왕 대접을 받는 그녀와, 외모는 뛰어난데 향기 없는 꽃 같아서 계속 솔로로 지내는 그녀의 차이점을 알겠는가? 이 글을 읽는 독자님들도 20, 30대에 외모가 평균만 된다면 남자를 골라 사귈 수 있는 기회는 얼마든지 있다.

　결론적으로 남자가 연애하고 싶은 '예쁜 여자'의 기준은 예상외로 관대하니 외모 때문에 걱정할 필요는 없다.

　165센티 48키로, 사슴 같은 눈망울에 하얀 피부, 한마디로 소녀

시대 윤아 같은 외모가 아니라도 심한 과체중이거나, 2~3일 씻지 않은 것 같은 외모거나, 여장남자 같은 스타일 등만 아니면 괜찮다. 게다가 요즘은 하느님보다 전능하다는 의느님(?)도 있으니 조금만 신경 쓰고 투자하면 대부분 평균 이상의 외모는 가질 수 있다.

중전마마의 이미지를 떠올려보자.

궁 안에 전국 각지에서 간택되어 온 아름다운 궁녀들이 많겠지만, 외모가 아름다운 것만 가지고는 중전이 될 수 없다. 중전은 덕스럽고, 지혜롭고, 왕자도 쑴풍ㅎㅎ 낳을 수 있는 체력도 뒤따라줘야 한다.

옛날이야기라고 할 게 아니라, 남자 입장에서도 진지하게 오래 사귈 여자를 선택할 때는 마찬가지라는 것이다.

정작 남자들이 못 견디는 건 쌀쌀 맞은 성격, 사람을 무안하게 하는 태도 등이다. 여왕과 무수리는 그래서 조금 더 예쁘고, 덜 예쁘고의 문제가 아니다. 자신이 정말 외모 때문에 연애를 못 한다고 생각하는 분들이 없길 바란다.

고추뇌라는 다소 자극적인 표현을 썼는데 생리학적으로 남자와 여자를 구별하는 가장 큰 차이는 바로 성호르몬이다.

많이들 알겠지만 여자가 여자다운 것은 여성호르몬인 에스트로겐 (Estrogen)이, 남자가 남자다운 것은 남성호르몬인 테스토스테론 (Testosterone)이 분비되기 때문이다. 여자도 테스토스테론이 분비되기는 하지만 남자에 비하면 그 수치는 비교할 수 없을 만큼 낮다.

테스토스테론은 일명 '성공 호르몬'이라고 불리기도 한다. 20, 30대는 남자의 일생 중 테스토스테론 수치가 가장 높은 시기다. 더불어 테스토스테론 수치가 높으면 성욕이 강하고, 적극적이고, 공격적이며 모험(자극)을 즐긴다. 도전 정신으로 사회적인 성취를 얻을 수 있지만 바람피울 확률도 높다. 남자들이 도박이나 게임에 쉽게 빠지는 것도 테스토스테론의 영향이 크다.

아이러니 하게도 우리 여자들은 '나만 바라봐주는 남자'가 이상형이지만, 이런 남자의 외모는 '키 크고 어깨가 떡 벌어진 스타일'과 거리가 멀 수 있다. ㅎㅎ 역시 남성호르몬 수치의 차이 때문이다.

영화나 드라마에서 가끔 나오는 장면이다.

상황 A · **공중화장실**

소변을 누는 남자 옆으로 다른 남자가 다가와서 지퍼를 내리고 소변을 본다.
먼저 볼일을 보던 남자는 옆 사람의 중요 부분(?)을 흘끗 쳐다본다. 그러고는
깜짝 놀라 서둘러 소변 줄기를 끊고;; 위축된 모습으로 자리를 떠난다.

상황 B · **시골로 놀러간 절친**

오래간만에 시골로 놀러간 절친 두 남자. 어린 시절을 회상하며 술잔을 기울이
던 중 한 사람이 소변이 마려워진다. 근처에 잠시 실례할 수 있는 도랑을 발견
하고 소변을 본다. 덩달아 나도 마렵다며 따라온 친구. 둘은 그렇게 나란히 소

변을 보다가 오줌빨은 예나 지금이나 내가 너보다 한 수 위! 라면서 느닷없이 누구 오줌이 멀리 가나;; 시합을 한다.

대부분 사람들은 이 장면에서 웃음을 터뜨린다. 남자의 웃음은 공감이며, 여자의 웃음은 어처구니없다는 뜻이다.

'남자들은 어쩜 그렇게 유치할까?'

유치하다고 그냥 흘려버리지 말자. 이 두 장면에서 피가 되고 살이 되는 지식 하나를 발견할 수 있다.

두둥! 그것은 바로 남자들 사이에서는 '고추뇌의 우수성이 서열을 정한다'는 것이다.

큰 것이 우수한 것이다   TV장수 프로그램 중 하나인 〈동물의 왕국〉을 보면 야생에서는 가장 덩치가 크고, 힘이 센 수컷이 무리의 리더가 되고 많은 암컷을 거느리는 것을 알 수 있다.

반대로 열등한 개체는 무리에서 쭈구리 취급을 받으며 제대로 짝짓기 한 번 못한 채 홀로 늙어간다.

이처럼 성적 능력의 우수함이 인간을 포함한 수컷들 사이에서는 서열의 높고 낮음을 결정한다. 툭 까놓고 말해서 '고추 큰 놈이 장땡'이다. 큰 성기는 잠재적으로 번식의 우수성(유전자를 퍼뜨릴 확률이 높음)을 암시하기 때문이다.

물론 크기가 크다고 뛰어난 건 아니고, 그 부분을 자로 잰다한 들(?) 그렇게 큰 차이가 날 리 없다. 그러다 보니 남자는 경쟁에서 조금이라도 우위를 차지하기 위해 여러 가지 도구를 자기의 분신 으로 삼는다. 그리고 그 도구들도 크면 클수록 좋다고 생각한다. 큰 차, 큰 침대, 큰 카메라, 큰 TV, 초고층 빌딩, 큰 책상, 높은 지 위, 여자의 큰 가슴! 등~

선물 싫어하는 사람은 없지만, 남자가 좋아하는 선물과 여자가 좋아하는 선물이 다른 것도 이런 심리적인 차이가 바탕이다. 여자 는 작은 선물이라도 좋으니 '자주' 해주는 걸 관심의 표현으로 알 고 기뻐하지만, 남자는 자잘한 선물(열쇠고리, 손수건, 양말 등)에는 큰 감동을 못 느낀다.

남자를 정말 감동시키려면 1년 동안 선물 따윈 전혀 없다가 최 신형 아이패드, 노트북, 고급형 DSLR 등으로 한 방에 질러주면 된 다, 그러면 그는 우리 여친(와이프)최고! 라며 온 사방에 외치고 다 닐 것이다.

그동안 정말 왜 그럴까 싶었던 남자들의 행태가 조금 이해가 되 는가?

종합적으로 집사의 뇌구조 특징을 파악해보자.

1. 과장과 허풍

앞서 말한 대로 '큰 것이 우수한 것이다'라는 생각 때문이다.

간혹 집사가 "오빠가 말이야, 고등학교 때 17 대 1로 맞붙어 싸웠는데 어쩌구~" 하는 경우가 있는데, 17 대 1은 아니고 2 대 1, 혹은 3 대 1 상황에서 죽도록 맞은 경험을 과장하는 것일 수 있다. 섹스와 관련한 황당한 말을 지어내는 것도 기본이다. 하룻밤에 10번을 했다는 둥, 한 번 하면 2시간은 기본이라는 둥…

많은 무수리 처자들이 남친이 처음 연애할 때는 뭐든 다 해줄 듯 하더니 나중에는 딴소리 한다며 속았다고 한다. 그런데 일부러 거짓말을 한다기보다 자기 능력을 과대포장해서 생각하는 탓이다. 본인도 정말 그럴 수 있으리라 믿었는데 안 되는 것이다.

그들은 항상 기본적으로 거울을 보며 '나 정도면 외모로는 어디서 빠지지 않지' 하는 이른바 근자감(근거 없는 자신감)으로 충만한 종족들이다. 흔히 길에서 '미녀와 야수' 커플을 볼 수가 있는데 '나 정도면 이런 미인이 어울리지' 하는 근자감 쩌는 남자의 경우, 정말 그런 미인을 얻게 되기도 한다

(잠재의식은 놀라운 것이다).

2. 서열과 복종

일단 할 수 있는 최대한을 동원해서 경쟁을 해본 다음, 경쟁에서 지면 승복하고 위계질서를 받아들인다.

가끔 남친에게 직장 상사의 막무가내식 지시를 이야기하면 반응이 어떻던가? 당연한 걸 가지고 과민반응 한다는 허탈한 대구가 돌아올 수 있는데, 그들에게는 상명하복과 서열은 너무나 당연한 것이라서 그렇다. 군대문화도 이런 경향성에 한 몫 함은 물론이다. 글쓴이의 경험으로도 직장에서 아부의 달인은 여자보다는 남자인 경우가 많았다.

그리고 한 번 서열이 정해지면 어지간하면 바뀌는 일이 드물기 때문에, 연애 초반에 주도권을 잡는 게 중요하다.

3. 현재지향적 태도

고추뇌의 특성에서 비롯되는 성질이다. 고추뇌는 번식(씨뿌리기)을 1차적인 목표, 그 이후 과정인 성장과 양육은 2차적 목표로 본다.

그래서 여자는 출산과 양육의 담당자로 미래를 계획하고 대비하는 경향이 있는 데 반해, 남자는 1차적인 욕구(식욕, 성욕, 수면욕)만 채워지면 이후의 일들에는 몹시 관대해지는(귀찮아하는) 경향이 있다.

여친이 결혼은 어떻게? 아이는 어떻게? 집은 어디에? 를 고민할 때 대부분의 남친은 그런 건 나중에 생각해도 된다, 지금 좋으면 그만 아니냐, 혹은 아직 생각해본 적 없다는 식으로 나와 분통을 터뜨리게 한다. 당장의 쾌감에 눈이 멀어 섹스할 때 콘돔을 거부하는 중죄를 저지르기도 한다.

양다리 또는 금방 들통 나는 뻔한 거짓말을 하는 것도 '지금 이 순간만 모면하면 어떻게든 되겠지!'식의 현재 중심 사고방식 때문이다. 더불어 현재지향적이기 때문에 당장 신나고 자극적인 것에 열광한다. 대표적으로 스포츠, 술, 유흥, 게임, 섹스, 기타 돈 드는 취미 등이다. 총각이 돈 모으기가 힘들다는 게 다 이유가 있다.

술자리 게임을 좋아하는 이유도 알고 보면, '술＋게임＋적당히 자극적인 스킨십(딱밤 맞기, 손등 때리기 등)'이 결합되어 있기 때문이다.

성향이 이렇게 다르다 보니 연애와 결혼 전 과정을 통해 여자는 원치 않아도 남자를 바른 길(?)로 인도하는 역할을 하게 된다. 유부녀들이 흔히 남편을 빗대 '큰 아들'이라고 표현하는 것이 조금 이해가 가지 않는가?

진정한 여왕은 이런 역할을 잘 수행함으로써 집사도 성장시키고 자신의 안락한 삶도 보장받는 지혜로운 여성이다.

여자는 생리적, 심리적으로 남자와 반대되는 성향을 가지고 있다. 남자를 지배하는 호르몬이 테스토스테론이라면 여자는 에스트로겐과 옥시토신(Oxytosin)의 영향을 많이 받는 이유다. 옥시토신은 일명 '애착 호르몬'으로 모유수유, 섹스 시에 방출되는 호르몬이다.

여자는 이 호르몬을 통해 안정감, 소통과 공감, 연결감 등을 느낀다. 집사가 내 이야기를 진지하게 들어주기만 해도 어느 정도 감정이 해소되는 것은 옥시토신이 분비되면서 안정감과 연결감을 느끼고 더불어 스트레스 지수가 낮아지기 때문이다. 집사들은 여친이 고민 이야길 하면 '그래서 어쩌라구?' 하는 식으로 문제해결에 초점을 맞추는데 잘 몰라서 그런 거다. 결국은 알아먹게 가르쳐야 한다. 휴~

소통과 공감, 연결감의 욕구에 따라서 여자는 그룹을 만들고 팀워크를 중시한다. 그래서 '군대 간 남친을 기다리는 고무신 모임', '용띠 아가 엄마의 모임' 등 각양각색의 모임을 쉽게 찾아볼 수 있다. 팀워크는 서로 간의 양보와 배려, 조화로움이 생명이다. 상명하복식의 서열 문화는 적합지 않다. 여자들에게 직장생활이 힘든 이유도, 직장은 대부분 서열체계가 중요시 되는 환경이기 때문이다.

한편 너무 튀거나 너무 뒤쳐져서 팀워크를 해칠 우려가 있는 사람은 그룹에서 배제되는 경향이 있다. 이게 극단적으로 나타나면 '따돌림'이다.

명품 집사를
고르는 비결
1

#12. 달의 이면 법칙

남자의 기본 뇌구조를 알았으니 이젠 본격적으로 괜찮은 집사를 골라 그 사용법을 익혀볼 차례다.

그러면 어떤 집사가 좋은 집사일까?

키 180, 몸무게 72, 직장은 대기업이나 전문직, 연봉은 5천 이상, 군필자, 호남형 외모…

이런 조건을 갖추면 괜찮은 집사라고 할 수 있을까?

노노- 절대 그렇지는 않다. 외적인 조건은 괜찮은데 알고 보면 속빈 강정인 경우도 많다. 요즘 돈 많은 남자라면 누구나 우선점을 주겠지만, 그것도 캐릭터 나름이다. 글쓴이의 경험으로는 돈이 많아도 구두쇠인 경우 가난한 남자를 만나는 것보다 훨씬 피곤하고 구차한 생활의 연속이었다.

그리고 연애는 절대적으로 '내 눈에 안경'이라는 공식을 따라가기 때문에, 객관적 조건이 아무리 괜찮아도 '필(Feel)'이 안 꽂히면 성립 자체가 불가하다.

그렇다면 어떤 남자를 골라야 여왕의 연애를 할 수 있다는 말인가? 답으로 먼저 결혼한 사람들의 조언을 들어보자.

{ **유부녀들이 말하는 남자의 단점** } 결혼 전에는 장점인 줄 알았는데 살아보니 단점

1 · 친구 많고 활달하고 인간관계 넓고 마당발이다.

　→ 일주일에 5일은 술 먹고 늦게 온다.

2 · 정이 많고 의리가 있다.

　→ 가족보다 친구 일에 앞장서고 보증 등 사고 자주 친다.

3 · 나에게 돈을 잘 쓴다.

　→ 돈을 못 모았고, 결혼해서도 못 모은다.

4 · 성격이 따뜻하고 애정표현을 잘한다.

　→ 여자문제 속 썩이는 부류가 거의 이 부류다.

5 · 가족이 매우 화목하다.

　→ 매우 화목한 가족이 시댁이 되면… 자주 모여야 하고 골치 아프다.

6 · 동안이고 잘 생겼다. → 주변 관리하기 어려워서 괜히 예민해진다.

1 · 내성적이고 친구가 별로 없다.

→ 가정적이고 가족을 우선한다.

2 · 돈을 잘 안 쓴다.

→ 돈을 낭비하지 않는다(본인이 아낀다고 꼭 가족까지 아끼라고 강요하
지는 않음).

3 · 약간 무심한 스타일이다.

→ 잔소리가 별로 없고, 와이프 하는 일에 토를 달지 않는다.

4 · 우유부단하고 강한 추진력이 없다.

→ 와이프가 원하는 대로 맞춰주는 경우가 많다.

5 · 가족끼리 서로 무심하고 그냥 저냥 지낸다.

→ 시댁에서 별 간섭이 없어서 편하다.

6 · 못 생겼다.

→ 주변 관리할 필요가 없어서 마음이 편하다.

인터넷 유머에서 흔히 볼 수 있는 글이다. 최초 작성자가 누군지
는 모르겠지만 이 글에서 배울 점이 있다. 집사를 고르는 데 있어
서 중요한 부분인 '선택과 포기'에 관해서다.

**좋은 건 잊혀져도,
싫은 건 안 잊혀진다**

예를 들어보자. 임금이 어느 날 밤 성은ㅎㅎ을 내리려면 궁중에 있는 후궁과, 나인과, 무수리와 그리고 중전 중에 누군가를 선택해 침소에 들게 될 것이다.

몸이 두 개가 아닌 관계로, 임금이 만약 숙빈 최 씨와 잠자리를 하기로 했다면 나머지 후궁과 나인과 무수리와 중전과의 잠자리는 적어도 그날 밤만은 포기해야 한다.

마찬가지로 내가 어떤 남자와 연애를 하겠다 마음을 먹는다면 그 남자를 선택하는 대신, 지구상의 다른 남자들과 연애할 기회는 포기해야 된다. 그러니까 뭔가를 선택하면 반드시 그 이면에는 포기가 따른다는 것이다.

즉 어떤 남자의 장점이 마음에 들어서 연애를 시작한다면, 장점 때문에 포기한 다른 부분이 아쉬워질 날이 온다는 거다.

남친이 남자답고 나를 리드해주는 게 좋아서 그를 선택했다면, 언젠가 그는 남자가 시키는 대로 하라며 당신의 의견을 무시할지 모른다. 당신은 자기의견을 포기해야 한다.

남친이 자상하고 이벤트도 자주 해주고 로맨틱해서 그를 선택했다면, 언젠가 그는 당신이 연락을 받지 않으면 의심하고 따지고 구속하려 들 수 있다. 당신은 자유시간을 포기해야 한다.

아시다시피 지구에서 우리가 보는 달은 항상 같은 면뿐이다. 그 늘진 달의 이면에 무엇이 있는지 경험하기 전에는 알 수 없다.

문제는 사람은 좋은 점은 쉽게 잊어도 싫은 점은 안 잊혀지고 내내 거슬린다는 점이다. 좋은 점이 아홉이라도 도저히 참을 수 없는 싫은 점 하나 때문에 헤어지는 게 남녀관계다.

도저히 참을 수 없는 싫은 점 하나는? 사람마다 천차만별일 것이다.

누구는 남친이 아무리 돈 잘 벌고, 착하고, 성실해도 밥 먹을 때 쩝쩝거리면 도저히 못 참는다고 한다(실제로 이런 사람 있다).

누구는 남친이 아무리 잘생기고, 좋은 직장에 다녀도 난폭운전을 하면 도저히 못 참겠다고 한다.

지금 이글을 읽는 독자님들도 떠올려보면 저마다 도저히 참기 힘든 상대방의 '어떤 부분'이 있었을 것이다.

핵심은 지금 선택하려는 남자의 장점이 시간이 지나 단점으로 변했을 때, 도저히 참기 어려울 것 같다면 그 남자는 선택하지 않는 게 좋다는 얘기다.

발 넓고, 인간관계 좋고, 성격 좋은 남자를 선택했는데 그가 술 먹고, 필름 끊겨서 연락 안 되고, 유흥업소에 갔다고 했을 때(충분히 가능성 있는 이야기다), 이해하고 참아 넘길 수 있는지 아니면 때

려죽여도 그것만큼은 안 되는지를 보라는 것이다.

내 남친은 사람 좋고, 발 넓고, 친구 많지만 절대 그럴 일은 없을 거예요~ 라고 말하면 당신은 아직 덜 큰 무수리다. 세상이 그리 호락호락 한 줄 아는가?(으름장 놓기) 100% 완벽한 남자는 없다. 장남이면 장남대로, 외동이면 외동대로 장점이 있으면 그게 또 단점이 된다.

어떤 남자를 골라야 할까 고민이 되겠지만, 사람이란 천편일률적으로 분류할 수 없다. 그저 싫은 것을 도저히 못 참을 것 같은 사람만 피하는 것이 1차적인 선택의 기준이 될 수 있다.

'살을 빼지 않은 남자는 긁지 않은 복권과 같다'는 말이 있다.

다이어트와 관리를 좀 빡세게 하고 나면 외모가 드라마틱하게 바뀌는 경우가 많아서 나온 말이다.

'아, 저 오타쿠 같은 외모만 아니면 참 괜찮은데…' 싶은 집사후보가 있다고? 혹시 그가 이런 긁지 않은 복권의 가능성은 없는지 눈여겨보자.

이런 남자는 일단 경쟁자들이 적어서 좋다. 그리고 사귄 다음에 잘 가르쳐서 멋진 모습으로 변화시킨 다음, 너는 내 덕에 멋있어졌다 계속 세뇌시키면 정말 그런 줄 알고 여왕에게 충성을 바칠 확률이 높다.

또 다른 말로 '남자는 주식처럼' 고르라는 말도 있다. 지금 상한가를 치는 남자보다는 장기적인 미래가치가 있는 남자가 바람직하다는 의미다.

남자들이 대부분 현재지향적인 것은 맞지만 그 가운데서도 하고 싶은 일이 분명하고, 미래를 계획하는 준비성 있는 남자는 반드시 있다.

이렇게 될성부른 나무를 묘목 시절에 고르려면 역시 보는 눈을 먼저 갖춰야 할 것이다.

명품 집사를
고르는 비결
2

#13. 명품 가방의 법칙

우리 여자들, 명품 참 좋아한다. 명품은 단순히 물건이 아니라 친구(?)이자 나를 표현하는 아이템이기도 하기에, 남자들이야 명품사랑을 이해하건 말건 명품은 소중한 것이다.

그래서 요즘은 너나 할 것 없이 한 두 개 정도는 가방이든, 시계든 액세서리로든 명품을 가지고 있다. 그런데 명품이 흔해지면서 길에서 이런 광경을 종종 볼 수 있다.

눈비가 오는데 본인은 비를 맞고 젖어가면서 '이게 얼마짜린데 비를 맞혀? 안 돼!'라는 일념 하에 가방을 목숨 걸고 사수하는 그녀 말이다. 심지어 커플도 예외는 아니다. 남자의 어깨는 비에 다 젖어도 가방만큼은 우산 안에서 안전해야 한단다.

의미부여가 지나치다보니 이렇게 가방이 사람의 상전 노릇을 하는 일이 흔해졌다. 나를 돋보이게 하려고 산 명품인데, 어느 순간부터 물건이 스포트라이트를 받고 물건의 주인은 한낱 병풍이 되고 마는 것이다.

좋은 조건의 함정　　명품 때문에 이런 주객전도가 일어나는 것처럼, 집사를 고를 때도 이런 경우는 흔하게 생긴다.

예를 들어 간만에 들어온 소개팅인데 소개팅남이 의사에다, 집안도 빵빵하다. 게다가 근사한 수입차를 몰고 약속장소에 나타난다면 어떨까?

솔직히 그 남자 한 번 볼 것을 두 번, 세 번, 눈을 부릅뜨고 보게 될 것이다. 도저히 이성으로 호감이 안 가면 어떻게 친구로 지내는 방법은 없을까? 고민할지도 모른다.

특히 외로움에 지친 무수리 처자는 오랜 독수공방 끝에 조건이 괜찮은 남자가 나타나면 앞뒤 가리지 않고 남자를 붙잡으려 해서 초반부터 연애의 주도권을 놓치는 경우가 많다.

하지만 객관적인 조건이 그 사람의 됨됨이를 보장해주진 않는다. 그리고 조건이 좋은 남자는 본인 스스로도 그 점을 너무나 잘 알기 때문에 연애상대로 호락호락 하지 않다. 결혼을 하면 시댁과 남편이 잘 나가는 만큼 여자는 죽어지내야 하는 상황이 많아진다. 이혼 후에 다시 왕성하게 작품 활동을 시작한 탤런트 고현정을 생각해보자. 고현정도 삼성가 며느리일 때 찍힌 사진을 보면 '그냥 아줌마'일 뿐이다.

여자는 인생에서 주연 대우를 받을 때 행복하다. 무수리와 같은 조연일 때는 불행하다고 느낀다. 우리 어머니들이 자식들 다 키워놓고 보니 '영철이 엄마 아무개'만 있을 뿐 내 인생은 없다며 뒤늦게 '잃어버린 나'를 찾는다고 선언하시는 것도 조연으로 살면 불행하게 느끼는 여자의 심리를 반영한다.

그래서 남자의 외적인 조건은 나와 엇비슷하거나 조금 나은 수준이 좋다. 자신이 감당할 수 있는 정도여야 한다는 뜻이다. 조건의 격차가 큰 남자는 나를 돋보이게 하는 명품 가방이 아니라, '상전으로 모셔야 할 명품 가방'이 될 수도 있으니까.

국민 미남배우 장동건의 아내 고소영도 그 정도 외모에 유명인이니 망정이지, 보통 사람이었으면 영화배우 장동건의 '배우자 고씨' 이렇게만 알려졌을 것이다.

결론적으로 좋은 남자는 여자를 돋보이게 해주는 사람이다. 본인을 꾸미고 본인을 내세우기보다 자기 여자가 꾸미고 행복해하는 걸 좋아하는 사람이다. 비유하자면 세월의 흔적은 있지만 어떤 옷차림에도 무난히 어울리고, 큰 유행을 타지 않는 내 손에 길들여진 명품 가방이다.

이 가방은 키 작은 사람이라도 무난히 들 수 있는 크기에, 넉넉한 디자인이라 볼록 나온 똥배를 가리기에 더없이 좋다. 행여 망가질세라 눈비 오는 날엔 들고 나갈 엄두도 못 내는 그런 명품이 아니라 비 조금 맞아도 툭툭 털어내면 되는, 크게 신경 안 써도 늘 처음 모습 그대로인 가방인 것이다.

기본적으로 이런 남자를 선택하면 좋다.

진저리가 처질 정도로 힘들게 헤어져본 경험이 있는가? 이별을 경험한 사람들은 남자를 고를 때 '헤어지자고 하면 잘 헤어져줄 수 있을 사람인지를 생각해보라'고 한다.

극한 상황에서 그 남자의 진면목, 내지는 숨겨진 본성이 나오기 때문이다. 어떤 남자는 헤어진다면 사시미 칼을 들고 협박하기도 하고 너 없으면 안 된다고 몇날 며칠을 울고 매달리고 스토킹 할 사람도 있다. 인터넷에 그간 찍어둔 영상을 유포한다고 협박하는 사람도 있다(신문에 종종 나오는 얘기다).

이런 남자들은 자기 통제력이 부족한 사람들이다. 자기 통제력이 부족한 사람들이 데이트 폭력(나중엔 가정폭력)도 저지를 가능성이 높다. 게다가 자기 통제력이 없으면 장기적으로는 사회에서도 부적응자가 되기 쉽다. 예전에 좋지 않게 헤어졌거나, 평소 행동에 자제력이 부족한 남자는 위험하니 멀리하도록 하자. 단순히 헤어짐 이상으로 나쁜 일을 당하게 될 수 있다.

그리고 지나치게 자기주장이 강한 것도 결격 사유다. 여자한테 안 지고 바락바락 끝까지 싸워 이기려는 사람은 열등감이 많은 사람이다. 무수리보다도 못한 남자니 역시 멀리하자.

가공하지 않은
다이아몬드는
그냥 돌멩이다

#14. 길들임의 법칙

무뚝뚝해 보이지만 배려심 있는 남자, 나에 대한 충성도가 높은 남자, 지금 상한가는 아니지만 앞으로 가능성이 엿보이는, 꽤 괜찮은 집사를 고른 당신.

와~ 좋은 남자를 골랐으니 이제 나도 여왕이 될 수 있어! 라며 기뻐할지도 모르겠다. 하지만 그것만으로 행복한 연애를 보장받을 수 있다면 글쓴이의 잔소리는 여기에서 마쳐야겠지만 아쉽게도 그렇지 않다. ^^

지금까지의 조언을 충실히 이행하고 좋은 집사감을 골랐다고 하자. 하지만 아무리 괜찮은 남자라도 가공하기 전까지는 '원석' 상태일 뿐이다. 여자가 주연으로 사랑받고 대접받는 행복한 연애가 결혼생활까지 이어지려면 연애 초반에 집사를 잘 가공해서 내 손에 꼭 맞는 보석반지로 만들어야 한다.

공감하겠지만 연애 초반의 남자는 여자에게 지극정성이다. 하지 말래도 꼬박꼬박 전화하고, 데리러 오고, 데리러 가고, 선물을 하고, 환심을 사기 위해 장밋빛 미래를 연출한다.

"우리가 결혼하면 아이는 나 닮은 아들 하나, 너 닮은 딸 하나 낳고…."

이런 오그라드는 멘트를 수시로 쏟아낼 것이다. 이 말만 철썩같이 믿고 초반에 연애주도권을 넘겨주면 이후에 여자는 곧 비련의 무수리가 될 수 있다.

그러니 오래간만에 괜찮은 남자를 만났다고 '아낌없이 주는 나무'가 될 생각하지 말고 전략적으로, 이성적으로 굴자. 그것이 사랑의 유통기한을 길게 하는 비결이니까.

노련한 세공사는 누구인가?　이제 내 손에 꼭 맞는 보석반지로 그를 가공하기로 마음먹었다고 하자.

대부분 마음에 드는 그이지만 애정표현이 부족한 점이라던가, 게걸스럽게 먹는 식사습관, 담배, 혹은 가부장적인 태도 등 어떤 점이 매끄럽지 않게 툭 튀어나와 있다.

그런데 여기서 이런 의문이 생길 수 있다.

'사람이 그렇게 쉽게 달라질 수 있을까?'

물론 타고난 성향은 잘 안 바뀐다. 하지만 생각(가치관)은 언제든 바뀔 수 있다. 특히 여자문제에 있어서 남자는 왕위를 버리거나, 나라의 국교마저 바꾸어버린 역사적 사례가 비일비재 하지 않은가. 그것만 봐도 남자는 자신에게 중요한 여자가 요구하면 바뀐다는 것을 알 것이다. 요구하기 전에 스스로 달라지기도 하고…

그러니 상대방이 절대 달라지지 않을 거라고 지레 겁먹고 좌절할 필요는 없다.

몰라서 그렇지 남자도 여자만큼이나 '갈대스럽다(변덕스럽다)' 그들이 고집스러운 건 변화를 유도하는 사람이 서툰 탓도 있다. 대놓고 너 이러이런 점이 맘에 안 드니 고쳐봐 라는 말을 듣고 기분 좋을 사람 없잖은가? 그런데 대부분 무수리 여친들은 "자기, 게임 좀 그만해~ 그래서 취업을 어떻게 하려고 해ㅠㅠ"라며 징징거리거나 "그렇게 연락하는 거 귀찮으면 우리 헤어져!" 하는 식으로 상대방의 변화를 강요한다.

기억을 떠올려보자. 독자님들도 학창시절에 부모님의 이거 해라, 저거 하지 마라 잔소리가 맞는 말씀인 줄은 알아도 지긋지긋했을 것이다. 자녀들이 부모님께 반항하는 것도 알고 보면 다 이유가 있다.

집사는
동물원 돌고래가
아　니　다

게다가 남자는 누가 뭐래도 자기 여자만큼은 리드하길 바라고, 또 그래야 한다고 믿는다. 남자들 모임에서 흔한 대화 내용을 살펴보자.

"여친? 먼저 고백해서 사귀고 있잖아. 자주 연락하라고 조르는 게 귀찮긴 하지만 어리고 귀여워서 져주는 거야."

"지난 번 여의도 벚꽃놀이를 가는데 여친이 7단 찬합에 도시락을 정성스럽게 싸왔지 뭐야. 하지 말라는데도 꼭 해주고 싶었다고 하더라구."

그냥 듣기엔 이 남자들은 연애의 주도권을 확실하게 잡은 것 같다. 하지만 이 말들이 진실일까? 실은 여친이 연락 안 하면 3박 4일 동안 삐지기 때문에, 실은 여친이 싸주는 도시락 먹어보는 게 평생소원이라면서 굽신거린 사연이 진실일지도 모른다.

그러나 남자는 현실이 어떻든 간에 남들 앞에선 여자보다 센 척한다. 앞서 뇌구조를 설명했지만 과장과 허세를 부림으로써 서열의 우위를 차지하려는 성향 때문이다. 예를 들어 와이프가 차려주는 아침상을 받는 남편은 그렇지 못한 남자들에 비해 뭔가 우월함을 느끼는 것이다(유치하긴 하다).

이런 이유로 남친을 길들일 때는 티 나지 않게 길들여지, 동물원 돌고래 조련하듯 대놓고 해서는 저항에 부딪힐 뿐이다. 영화 〈늑대소년(2013)〉을 보고 와서는 박보영 흉내를 낸다며 남친이 밥 먹을 때 기다려! 를 외치면… 결과는 상상에 맡긴다.

따라서 여왕에게는 센스가 필요하다. 연애의 주도권이 본인에게 있어도 집사에게는 집사가 '왕'이며, 이 연애를 집사 스스로 좋아서 하고 있다는 인상을 자꾸 심어주는 것이다. 이렇게 하면 연애의 우위를 가지면서도 상대방도 착각 속에 만족하는, 모두가 윈윈하는 행복한 연애가 가능하다.

대부분의 남자는 연애에서 자신이 여자를 리드해야 한다는 무언의 압박을 받는다. 게다가 남자끼리 있을 때 여자에게 쩔쩔 매는 모습을 보이면 완전히 한 수 아래가 되기 때문에 허세가 심해지는 경향이 있다.

먼저 고백해오는 여성이 부담스러운 남자의 심리는 그래서 한편으론 자연스럽다. 상대방이 괜찮고 안 괜찮고를 떠나 여자에게 선택당한다는 생각이 들면 고마움은 별개로, 왠지 모를 거부감이 드는 것이다.

수컷이라면 사냥을 하고, 여자를 쫓아다니는 식으로 연애의 주도권이 남자인 자신에게 있어야 한다고 배우면서 자랐으니까.

고백을 받기 전에 본인이 호감이 있었어도 그녀가 고백을 해오면 멈칫하며 어디 한 번 검토해볼까? 하는 태도가 된다.

그래서 남자의 호감이 아주 확실하지 않으면 여자의 고백은 하지 않느니만 못한 경우가 많다. 물론 요즘은 남자들 성향이 점점 더 여성화되어 여자의 고백을 환영하는 사람도 있다지만, 비율은 20%도 안 될 것이다.

집사를 길들이는
언어사용법
1

#15. 세뇌의 법칙

이제부터 본격적으로 집사를 길들여보자.

집사를 길들이려면 내가 먼저 여왕이 되어야 함은 앞서 계속 강조했다. 다시 말하지만 상대방은 내 거울이라고 생각하면 속 편하다. 내가 웃어야 거울도 따라 웃는다. 내가 바뀌어야 내 남자도 바뀐다.

나는 여왕이야! 라는 확실한 자아상이 그려졌다면 그때부터는 쉽다. 남자에게 반복해서 말하고 행동하도록 한다. 매순간 단순하게 반복해서 그가 나의 방식에 맞추도록, 나에게 충성을 바치도록 세뇌시킨다. 자다가도 쿡 찔러 벌떡 일어나면 여왕님께 충성! 외칠 정도로 세뇌를 시키자.

**세뇌는
반복이
원칙이다**

세뇌라고 하면 사람을 꼭두각시처럼 만들어 조종하는 걸 떠올리는 데 그런 고차원적인 이야기가 아니다. 글쓴이가 말하는 세뇌는 '뭔가 편하고 익숙해져서 원래 자기 생각인 것처럼 받아들여진 상태'를 말한다.

홈쇼핑을 멍하니 보노라면 연예인의 물광 피부가 쇼호스트가 손등에 처덕처덕 바르는 바로 저 에센스! 때문인 것처럼 느껴지지 않던가? 그래서 나도 모르게 홀린 듯 전화기의 버튼을 누르고… 헉!

세뇌란 이런 것이다. 특정한 내용을 반복해서 접할 때, 사람은 처음엔 낯설게 느끼고 의심하다가도 어느 순간부터 점점 그것을 편하고 자연스러운 것으로 받아들인다. 대기업들이 거금을 투자해가며 같은 내용의 광고를 반복해서 내보내는 이유는 소비자들을 세뇌시켜 물건을 사게 하기 위함이다. 못 믿겠으면 테스트해보자.

섬유유연제 광고다. "빨래엔 ○○~" 하면 생각나는 브랜드는?

자기도 모르게 피존~! 을 외친 독자님이 분명 있을 것이다. 허탈하겠지만 그런 거다. 사람은 생각보다 쉽게 세뇌된다.

히틀러 한 사람이 독일 국민 전체를 세뇌시킨 것도 게르만족 최고라는 짧고 단순한 구호를 반복시킨 것 말고는 없다. 옥동자처럼 생긴 과동기가 시도 때도 없이 "너 나 좋아하는구나?"라는 말을 하면 처음엔 콧방귀를 끼다가 어느 순간 '내가 노트를 왜 빌려줬지? 정말 좋아하나?' 하며 낚이는 것과 같다.

그러나 주의할 점이 있다. 말했지만 여자와 남자는 뇌구조가 다르기 때문에 사용하는 언어도 다르다는 것이다. 그들이 '알아들을 수 있는 언어'로 반복하는 게 중요하다.

몸으로 때우는 남자, 말로 때우는 여자

말빨은 남자보다 여자가 우세하다고 알려져 있다. 보통 연인 간에도 싸움이 나면 남자는 조목조목 따지고 드는 여친에게 영문도 모르고 잘못했다고 빌거나, 아님 욱해서 버럭~! 하거나 둘 중 하나를 택하게 된다.

이렇게 여자가 언어적으로 남자보다 우세한 이유를 뇌과학에서는 '뇌량(Corpus Callosum)' 때문이라고 설명하기도 한다.

사람의 대뇌는 좌반구와 우반구로 나뉘는데, 이 좌우반구를 연결하는 다리가 뇌량이다. 특이한 것은 여자의 뇌량 두께가 남자보다 현저히 두껍다는 점이다. 그래서 여자는 뇌의 좌우반구의 정보가 잘 소통되기 때문에 생각을 언어로 잘 표현할 수 있다.

남자는 한 번에 한 가지 일에만 집중하는 데 반해 여자는 동시 다발적 일처리가 가능한 것도(카톡하면서, 필기하면서, 라디오 듣기) 뇌량의 두께 차이가 원인이라고 한다.

뇌구조적인 특징 덕분에 여자는 풍성한 언어구사력을 통해서 남자는 이해하기 어려운 언어세계를 가지게 되었다.

생각해보자. 여친은 "100일 기념일에 우리가 마신 와인은 달달하면서도 우디향이 느껴지는, 무게감이 있으면서도 상쾌한 끝맛이 정말 환상적이었어!"라고 묘사할 수 있다. 반면 이런 말을 들으면 와인 애호가가 아닌 한 남친은 "나도 존X 좋더라구!" 원초적 감탄사에서 그치기 마련이다.

단순히 단맛이라도 달달하다, 달다구리하다, 달짝지근하다, 달콤쌉싸름하다, 새콤달콤하다 등 다양한 어휘로 표현하는 여친의 세계를 남자가 이해할 수 있으리라 기대하는 게 어쩌면 무리일 것이다.

자, 그렇다면 남자가 말귀를 알아듣게 하려면 어떤 용어를 사용해야 할까? 정답은 '콕 찝어주는 구체적인 용어'다.

예를 들어 집사의 어떤 점을 고치고 싶다고 하자. 그러면 상대방에게 이런 점을 바꾸면 좋겠다고 말을 해야 한다. 이때 상대방을 비난하거나 모호하게 말하면 십중팔구 그는 못 알아듣거나 화를 낼 것이다.

글쓴이의 경우 연애 초반일 때 남친이 바쁘다며 연락을 게을리하는 게 불만이었다. 연락하는 것과 만나는 것은 다른 건데도 그는 만나서 이야기하면 되지 굳이 전화를 해야 되느냐? 식이었다. 나는 한동안 애교도 부려보고, 삐지기도 하면서 "바빠도 전화는 자주 해줘요~"라고 했지만… 별 효과가 없었다.

내 말을 무시한다고 생각했지만 오해였다. 그럴 수밖에 없는 게 '그가 생각하는 자주'와 '내가 생각하는 자주'의 개념부터가 달랐으니까. 남친에게는 자기 전 하루 한 통화면 충분히 '자주'였고 (본인 어머니한테도 한 달에 한 번 전화 할까 말까) 내 기준으로는 하루 3~4번, 생각나거나 어디 이동할 때 전화하는 게 '자주'였다.

이걸 알고 나는 방식을 바꿨다. "전화는 하루 2번, 이동할 때 어디에 간다고 1번, 자기 전에 1번 정도 해주면 좋겠어요."라고 구체적으로 요구했다. 결과는? 효과가 있었다!

거참, 스스로 알아서 안 되나? 이렇게까지 초등학생 가르치듯 해야 하나? 못 해먹겠다! 투덜거리지 말자. 말했지만 원석인 그를 내 손에 맞는 보석반지로 세공하려면 정성을 들여 모난 구석을 깎아내야 한다. 물론 연애 초기에야 이런 일이 드물다. 서로 알아서 잘 하니까. 하지만 사귀면서 시간이 가다보면 왜 이렇게 말이 안 통하지? 하는 경우가 분명히 생기리라.

기억해두자. 집사에게 뭘 요구하거나 부탁할 때는 '이 정도면 충분히 알아들었겠지?'라는 수준에서 약 20% 더 구체적으로 표현하자. 수치를 제공하는 것도 도움이 된다(봄에 놀러가자는 말 대신 5월 셋째 주). 글쓴이는 이 방법을 조언해주고 효과 보았다는 피드백을 많이 받았다.

구체적인 표현으로 요구하는 것과 더불어 "~하지 마라"도 될 수 있으면 피해야 할 언어사용법이다.

무수리 처자들은 "오빠, 스마트폰 좀 그만 봐~", "준하 씨는 도움 안 되니까 만나지 마~", "술 좀 그만 마셔~" 이런 말을 반복해서 자기도 모르게 잔소리꾼 여친이 되곤 한다.

'~하지 마'라는 금지명령어는 최면 유도에서 종종 사용하는 문구다. '지금부터 빨간 사과를 절대 떠올리지 마세요'라고 최면가가 유도하면 상대방은 무의식적으로 빨간 사과를 떠올리게 된다. 우리의 뇌는 부정어 처리에는 약하기 때문에 부정어 앞에 있는 이미지어를 먼저 처리하는 것이다.

나쁜 남자들의 흔한 레퍼토리 중의 하나가 '오빠는 나쁜 남자야, 나를 사랑하지 마'라는 표현인데, 이때도 부정어 처리가 안 되어 오히려 남자를 더 좋아하게 되는 결과가 나온다.

따라서 상대방을 바꾸고 싶다면 부정어 대신 바뀌길 바라는 모습을 구체적으로 제시하는 말을 한다. 예를 들면 "(스마트폰 대신)우리 산책 가면 어때?", "(준하 씨 말고)재석 씨는 참 좋은 분 같더라고~" 하는 식으로 말해보자.

집사를 길들이는
언어사용법
2

#16. 돌직구의 법칙

　집사를 길들이는 언어사용법에 대해서 이야기했지만, 몇 마디 하자마자 바로 그의 행동이 교정되지는 않을 것이다.

　습관이란 무서운 것이기 때문에 바꿔야지 하면서도 습관적으로 "그거 하지 마~"라는 말이 튀어나올 것이다. 집사 쪽에서도 내가 무슨 말을 해도 꾸준히 반항하거나, 때로는 바뀐 척 하며 위기를 모면하려 들 수 있다. 이렇게 나는 노력하는데 상대방이 비협조적인 경우 어떻게 해야 할까?

　정답은 '돌직구'다. 은근슬쩍 변화가 유도되면 좋지만 나만 혼자 용쓴다 싶을 때는 상대방에게 찬물을 한 번 끼얹어 정신을 차리게 할 필요가 있다.

　확실한 의사표현(맛집 탐방을 가서 대놓고 맛없다는 사유리를 떠올려보자. ㅎㅎ)은 여왕의 필수적인 덕목이다. 여왕은 의사표현을 확실히 하고, 화를 내야 할 때는 화를 낸다. 그러나 무수리 처자는 집사에게 화를 내야 할 때 화를 못 내고, 짜증이나 투정, 잔소리로 대체한다. 그리고 풀리지 않은 화는 자기 자신에게로 돌려 끙끙 속병을 앓는다.

여 왕 은 우리가 속한 사회는 아직도 여성에 대한 억압이
징징거리지 가득한 사회다. 따라서 여성은 상냥할 것, 부드러
않 는 다 울 것, 타인을 배려할 것 등의 태도를 주입받고 자란다.

그러다 보니 남자도 남자새끼가 찌질하게 눈물은… 소리 들을까 싶어 못 우는 것처럼, 여자도 눈에 쌍심지를 켜고 자기주장을 펴야 하는 상황에서 성깔 있는 여자, 막장녀 소리 들을까봐 못 그러는 경우가 많다.

이런 경향이 연애를 할 때도 나타나는 것이다. 불만을 꾹꾹 눌러 담고 있다가 짜증, 투정, 잔소리로 애매모호하게 돌려 표현한다. 내 기분에 무관심한 남친에게 서운해 하겠지만, 남자들은 직접적이고 구체적인 지적이 아니면 잘 모른다는 게 문제다.

보통 남자들에게 욱- 하는 성격이 더 많다. 그렇게 욱-, 버럭-,

투닥- 하고 난 다음에는 그 일을 까맣게 잊어버린다. 여자의 관점에서는 으이구, 단순한 인간… 싶을 텐데, 감정 해소가 적절하게 되면 가능한 일이다. 반면에 불만, 속상함, 불안 등을 애써 누르고 있는 여자는 화산처럼 한꺼번에 감정을 터뜨려서 주변을 놀래키기도 한다.

말했듯 남자들은 서열을 중요시하고 상명하복이라는 의사소통 체계에 익숙하다. 그래서 여친이 자기주장을 똑바로 못하고 자꾸 옹알옹알… 하는 식으로 의사표현을 하면 어느 순간부터 여친을 자기보다 낮은 계급으로 여긴다.

앞서 말했지만 계급이 낮아지면 연애주도권이 넘어간 것이다. 계급이 낮고 주도권이 없으면? 두말 할 것 없이 무수리다. 졸병의 명령을 들을 고참이 어딨겠는가?

물론 화는 정당한 사유가 있을 때 내는 것이다. 별거 아닌 일에 항상 버럭- 하거나 히스테리를 부리라는 말이 아니다. 여왕의 태도는 집사의 행동에서 부당함을 발견했을 경우, 정당하게 그 행동을 시정할 것을 요구하는 것이다.

어떻게 화를 내야 바람직한지 기념일을 잊어버린 남친의 예를 들어보자.

여친 · (찬바람이 쌩쌩 부는 표정으로)

　　　　오빠는 참~ 아직 젊은 사람이 벌써부터 건망증이 있나봐?

남친 · 아니? 나 건망증 없는데, 왜?

여친 · 건망증이 아니면 너무 바빠서 그런 건가~

　　　　아니면 무신경한 사람이라서 그런 건가?

남친 · 아닌데… 나 무신경한 사람 아닌데;;

　　　　하긴 내가 요즘 좀 바쁘지. 근데 내가 뭐 빠뜨린 거 있어?

여친 · 뭘 빠뜨렸는지 본인도 모르는데 나라고 알겠어?

　　　　이러다가 나까지 어디에 빠뜨리고 다니는 건 아닌가 모르겠네~

남친 · (슬슬 짜증나기 시작한다) 왜 또 그래?

여친 · 또? 또? 지금 오빠는 내가 뭐 때문에 이러는지 정말 몰라서 그래?

이 대화는 안 봐도 불 보듯 훤한 패턴으로 흘러가고 있다. 결국 남자는 친구들과 술을 마시러 가고 여자는 네이트판 같은 곳에 "제가 예민한 건가요?"라며 고민글을 올릴 것이다. ㅎㅎ

언어사용법을 숙지했다면 보이겠지만, 이 대화에서 여친은 전형적인 애매모호한 표현을 사용하고 있다. 그리고 '너무 바빠서 그런가? 무신경한 사람이라서 그런가?'라며 남친을 비난하고 있는데 오히려

그런 말들이 남자에게 변명이나 핑계거리를(하긴 내가 요즘 좀 바쁘지)
제공함을 알 수 있다. 바람직한 대화를 살펴보자.

.... { **구체적인 요구 & 협상** } ....

여친 · (아무 일 없다는 표정으로) 자기, 나 어제 엄청 서운한 일 있었어.
　　　자기가 나쁜 놈 혼내주라, 응?

남친 · 그래? 누구야? 어떤 놈이 우리 이쁜이를 기분 상하게 했어?

여친 · 글쎄, 방배동 사는 박 대리(남친 이름)님이 사랑하는 여친과의
　　　500일 기념일을 잊어버렸대~ 그렇다고 때리진 말고.
　　　내가 좋아하는 남자니까.

남친 · (깜놀 하며 눈치를 살핀다) 헉, 어제 500일이었어?
　　　미리 말해주지~ 난 다음 주로 알고 있었어. 미안해~

여친 · 그러게 바쁜 거 같아서 내가 눈치를 한 번 줬는데 통 기억 못
　　　하는 거 같았어. 오빠 로맨틱한 남자잖아. 내가 어제 얼마나
　　　기대하고 있었는데 ㅠㅠ 좀 많이 속상하더라.

남친 · 에구, 정말 미안해. 내가 잘못했어~ 화난 거 아니지?

여친 · 화는 났지만, 그럼 용서해주는 대신 나 오래간만에 뷔페 가고
　　　싶은데… 가도 돼?

남친 · 응? 그래 ㅠㅠ 가자. 오빠가 맛있는 거 사줄게~

같은 잘못을 가지고 화를 내는 상황인데, 전혀 다른 결과가 나왔다. 잘못을 지적했지만 남자가 기분 상하지 않았고(중간에 오빠는 로맨틱한 사람이라는 내용을 넣었다. 이 부분은 뒤에 나올 '이미지 게임'에서 좀 더 자세히 살펴보자) 오히려 미안해하며 순순히 자기의 잘못을 인정했다. 그리고 대화의 끝에 여자가 원하던 것(뷔페)을 얻어냈다는 점에 주목하자.

감정이 상하면 종종 잊어버리는데, 연인 간에 싸워서 누가 옳고 그르고 따져봐야 아무 의미가 없다. 이겨서 뭐할 건가? 그야말로 상처뿐인 영광인 것을. 우리가 집사를 길들이는 이유는 내가 원하는 것을 얻기 위함 아닌가?

결론적으로 남자의 변화를 유도할 때는 징징거리지 않도록 주의하자. 차분한 상태에서 화를 내고, 원하는 것을 얻어내려면 어떤 교양 있는 표현을 써야 할지 미리 생각해보자.

명심하자. 여자의 잔소리나 투정이 집사를 바꾸지 못한다는 것을.

"어, 그거 지금 막 하려던 참이었는데…."

이건 뭐 배고파서 기다리다 전화하니 자장면 방금 출발했어요~ 하는 것과 다를 바가 없다. 특히 여자는 남자보다 시간에 더 예민하기 때문에 남친과 다투면서 왜 제때 ○○하지 않았느냐고 비난하기 쉽다.

그런데 비난은 상대방을 바꾸는 데 전혀 보탬이 안 된다. 비난을 하면 할수록 상대방의 행동은 더 굼떠지거나, 아예 그 일을 안 해버리는 경우도 생긴다. 사람은 이성적이려고 하지만 감정의 지배를 더 많이 받기 때문이다.

비난을 받으면 일단 부끄럽다는 감정이 생기고, 그 행동을 하는 데 두려움이 앞서 머뭇거리게 된다. 실제로 어릴 때 부모님으로부터 꾸지람을 많이 듣고 자란 사람은 성장해서도 모든 면에서 약간 느린 경향이 있다고 한다.

어쨌거나 남친이 굼뜬 행동을 한다. 원하는 행동을 자꾸 더디게 한다면 의식적으로 비난 대신 칭찬을 하도록 노력하자. 약속 장소에 좀 늦으면 "차가 이렇게 많이 막히는데 어쩜~ 자기는 그래도 빨리 도착했네."라는 식으로 말이다. 눈에 흙이 들어가도 칭찬은 할 수 없어! 라면 잠시 그가 변명하도록 내버려두면서 침묵을 지킨다. 비난이 다다다다 따발총이라면 침묵은 묵직한 미사일 한 방이다. 비난보다는 침묵이 훨씬 무섭다. ㅎㅎ

집사를 녹이는
애교
완전 정복

#17. 애교의 법칙

　　설문조사를 해보면 남자들이 공통으로 말하는 이상형이 있다. 다름 아닌 '애교 있는 여자'다. 심지어 못생긴 여자는 참을 수 있어도 곰 같은 여자는 못 참는다는 말도 있다.

　　이런 말을 들으면 애교가 있는 여자든 아니든 아 어쩌라고~ 하면서 한편으론 찔리기도 할 것이다. 그리고 글쓴이의 경험에 의하면 상당수 무수리 처자들은 '애교'라는 단어를 듣기만 해도 경기를 일으키거나 트라우마;; 비슷한 증세를 보이곤 했다.

　　하지만 애교에 대해서 너무 어렵게 생각할 필요는 없다. 글쓴이도 경상도 집안 사람으로 '난 그런 손발이 오그라드는 짓은 할 수 없어!'라고 했지만 지금은 달라졌으니까. ㅎㅎ

　　어쨌거나 애교는 돈이 드는 것도 아니고, 이성뿐만 아니라 동성에게도 호감을 사는 꽤나 유용한 스킬인데 이왕이면 잘 배워놓도록 하자.

귀여움의 생존 전략 모든 동물의 새끼가 귀여운 이유를 고찰한 다큐멘터리(지식채널e 269화, '귀여워')본 적 있다.

많이 공감하겠지만 동물의 새끼는 다 귀엽다. 크면 좀 부담스러운 돼지도 새끼 때는 귀엽다. 핑크빛 피부도, 갈라진 발굽도 말이다.

이렇게 모든 동물들의 새끼가 귀여운 것은 어미로부터 '보호본능'을 불러 일으켜서 살아남는 생존 전략이라는 것이 다큐멘터리의 내용이었다. 중국을 대표하는 마스코트 판다도 생활습성으로 보면 진즉에 멸종됐을 법한 종인데, 사람들이 귀여워해서 보호한 나머지 지금까지 살아남았다고 한다.

그런 관점에서 모든 남성이 좋아하는 '애교 있는 여자'의 인기비결을 짐작할 수 있을 것이다. 애교는 곧 귀여움이다. 귀여움은? 남자의 '보호본능'을 자극한다.

남자들에게 물어보면 '어, 이 여자 의외로 귀여운데…?' 하는 감정을 느꼈을 때 그녀에게 이성적으로 끌리기 시작했다는 증언들이 많다. 그리고 귀여움은 연애 과정에서도 관계의 윤활유 역할을 한다. 잔뜩 화가 났다가도 여친의 귀여운 애교 한 방에 봄눈 녹듯 녹는 것이 남자 아닌가.

이쯤 되면 무수리 처자들은 내가 알고 있는 애교 스킬이 뭐 없나? 머릿속에 떠올려보기 시작할 것이다.

에, 약한 척 하기와 "옵빠~ 귀요미 배곱파요. 점딤 사쥬세여~" 같은 혀 짧은 소리가 어떤가요?;;

쯧쯧, 그야말로 주먹을 부르는(?) 애교다. 여자들끼리 있을 때는 아저씨처럼 굴다가 남자만 나타나면 '아, 어지러워~'를 남발하거나 혀 짧은 소리를 해대면 여자들 모임에서 왕따 당하기 쉽다.

그러면 이제 무수리 처자도 독학으로 뗄 수 있는 애교의 기본에 대해 알아보자. 애교는 기본적으로 1. 과장된 리액션 2. 미소 3. 여성스러움 어필 4. 헐렁한 반전미 5. 스킨십 등 크게 다섯 종류가 있다.

1. 과장된 리액션

글자 그대로 상대방에게 과장된 리액션을 보여주는 애교다.

예를 들면 남자가 무슨 이야기를 하면 "우와~~~~ 정말? 정말??" 하면서 진심으로 놀랐다는 듯 두 눈을 크게 깜빡거린다(슈렉 고양이 표정). 기쁜 감정을 표현할 때 폴짝폴짝 뛰거나 같은 단어를 두 번씩 반복하는 것도 과장된 리액션에 속한다(이 아이스크림 완전, 완전 맛있어~).

경우에 따라 과장된 리액션에 칭찬을 포함할 수 있다. 집사가 마음에 드는 행동을 했거든 오버해서 띄워주고(오빠는 어쩜! 천재야? 진짜 모르는 게 없네~? 완전 듬직하다. 짱짱! 엄지손가락 두 개 보여주기) 칭찬해주자. 그러면 그는 칭찬받은 행동은 자꾸 반복하려 들 것이다(심리학 용어로 '긍정적 강화')

그리고 상대방이 원래 갖고 태어난 고유성에 대한 칭찬보다, 행동에 대한 칭찬이 행동을 교정하는 데는 효과적이다. 예를 들어 "오빠는 참 잘생겼어. 정우성 같아."보다는 "와~ 내가 골라준 넥타이 했네. 그거 하니까 완전 정우성 저리 가라다. 멋져! 멋져!" 하는 칭찬이 낫다.

2. 미소와 함께

미소는 그 자체만 가지고도 별다른 연출이 필요 없을 정도로 좋은 애교 전략이다.

예를 들어 여친이 손예진, 소녀시대 써니 같은 눈웃음을 지으면서 '자기야, 미안해~'라고 하는데 거기에 대고 화를 낼 남자는 별로 없을 것이다. 예쁜 여자들한테만 그렇겠지요ㅠㅠ 하겠지만 예쁘지 않아도 웃으면 예뻐 보이고, 외모에 자신감이 없다면 더 웃어야 한다.

웃는 얼굴에 침 못 뱉는다는 말도 있지만 뭔가 부탁을 하거나 요구를 할 때, 아니면 용서를 구할 때도 웃으면서 하는 것과 딱딱하게 얼어붙은 표정으로 하는 것은 전혀 다르다.

특히 가만히 있으면 무뚝뚝해 보이는 스타일이라면 의식적으로 더 웃는 노력을 하자. 웃을 이유가 없는데… 하지 말고 웃다보면 웃어야 할 이유가 생기기도 하고 기분도 덩달아 좋아진다.

한편으로 원숭이, 침팬지와 같은 영장류들은 겁에 질리거나, 서열이 높은 개체에 대한 복종의 표시로 웃는 것 같은 표정을 지어 보인다고 한다. 그래서 진화심리학적으로 여자의 웃음은 남자에게 복종과 보호를 구한다는 의미로 해석되어, 남자들이 여자의 웃음에 강하게 반응한다는 주장도 있다.

100% 이해가 가는 건 아니지만, 직장에서 상사가 전혀 웃기지도 않은 농담을 할 때 이상하게 헛웃음이라도 지어야 할 것 같은 부담감을 느끼는 경우가 있는데 그런 케이스라고 이해해두자.

3. 여성스러움 어필

여성스러움을 어필하는 애교도 잘 통하는 애교 스킬이다.

식당에 갔을 때 냅킨 위에 가지런히 수저를 놓아준다거나, 마시던 음료수를 흘렸을 때 손수건을 꺼내어 조심스레 닦는 행동, 핑크색 립밤을 새끼손가락에 찍어 바르는 행동 등에 설렘을 느꼈다는 남자들이 많다.

여자에게는 별 거 아닌 일상적인 행동이지만, 남자들이 수저나 손수건, 립밤 등을 챙기는 경우가 드물기 때문에 이런 행동에 여성스러움을 많이 느끼는 듯하다.

잘 알고 있는 약한 척 하기도 여성스러움을 어필하는 애교에 들어간다. 병뚜껑이 잘 안 따질 때 낑낑거리다가 "이거… 힘센 자기가 해주면 좋겠다. *^^*" 하는 것이다. 장기적으로 이런 약한 척은 결혼한 후에 집안일을 시킬 때도 유용하니 미리미리 '힘쓰는 일은 오빠 몫'으로 세뇌시켜 놓자.

그 외 증언으로는 계단을 올라갈 때 손이나 가방으로 스커트 아랫단을 가리는 행동, 겨울에 목도리는 이렇게 둘러야 따뜻해~ 하면서 목도리를 둘러줄 때, 작고 귀여운 동물, 화분 등을 보고 꺄악~! 하며 귀엽다고 좋아하는 모습, 요리해서 먹이기(사람이든 동물이든 밥 주는 사람 따르는 건 진리), 스킨십 후에 수줍어하는 행동 등이 있다.

4. 헐랭한 반전미

헐랭한 반전미는 드라마 여주인공의 모습에서 많이 찾아볼 수 있다.

자신감 있고, 똑 부러지는 것 같은데 한편으로 어리바리한 구석이 있어서 남자의 보호본능을 자극하는 것이다. 즉 여기에서의 키워드는 '의외성'이다. 안 그럴 것 같은 여자가 그럴 때 응? 하고 다시 보이는 것이 포인트!

하이힐을 신고 도도하게 걷다가 삐끗해서 그의 팔을 붙잡는 행동, 훗~ 여긴 내가 잘 아는 동네야! 하면서 앞장섰다가 방향 감각을 잃고 울상 짓기, 평소엔 반듯하다가 술 먹고 꾸벅꾸벅 기대어 조는 모습 등 여러 가지가 가능할 것이다. 가벼운 몸개그도 괜찮다.

어떻게 해도 '안 생겨요ㅠㅠ' 하는 분들은, 이른바 철벽녀 기질 때문인 경우가 많다. 철벽녀들은 뭐든 자기가 알아서 하고, 요만한 허점도 안 보이는데 이런 행동은 남자가 다가갈 기회를 원천봉쇄 하는 것이다. 앞서 말했듯 남자에게 있어 예쁜 여자는 '성적인 매력＋내가 들이댔을 때 받아줄 가능성이 있는 여자'임을 기억하자.

그리고 남자는 기본적으로 '자신의 존재를 필요로 하는 여자'를 좋아한다. 여자가 사회적으로 성공했을 때 애정전선에 위기가 오는 경우가 종종 있는데, 남자는 여자가 더 이상 자신을 필요로 하지 않는다는 느낌을 받을 때 떠날 마음이 든다고 한다.

5. 스킨십으로 결정타를

남자와 여자가 친해지는 가장 빠른 방법은 무엇일까? 정직하자면 '스킨십'만한 게 없다.

글쓴이는 연애초기에 극장에 가면 영화가 시작할 때쯤 들어가서 "어머, 많이 어둡네요, 저 야맹증이 있어서 어두운 데가 잘 안 보여요. 팔 좀 잡아도 돼요?"라며 상대방에게 수작(?)을 부리기도 했다.

심리학 실험에서도 신체의 일부가 살짝이라도 접촉한 다음 부탁을 하는 것과, 전혀 닿지 않은 상태에서 부탁을 할 때 상대방이 부탁을 들어줄 확률은 신체의 일부가 조금이라도 닿았던 경우가 훨씬 높았다. 이렇게 대부분의 사람은 스킨십에 호의적이고, 특히 남자는 극단적으로 좋아한다!

그가 무슨 이야길 하면 까르르 웃음을 터뜨리며 그의 가슴을 툭툭 치는 행동, 오늘 피곤했지? 발맛사지 해줄까? 하는 행동들이 모두 스킨십을 응용한 애교스킬이다. 연인관계가 발전해서 서로 성적인 교감까지 경험했더라도 스킨십은 여전히 유용하다. 남자는 여자가 스킨십을 시도하면 항상 끝(?)까지 가는 기대를 하기 때문에 안달내면서 더 원하는 경향이 있다.

아시다시피 고양이는 도도하기로 유명하다. 하지만 제 아무리 도도한 고양이라도 아쉬운 게 있으면 주인의 다리 사이에 온몸을 부비부비 문질러대며 아양을 떤다. 여자의 애교도 마찬가지다. 필요한 게 있으면 얻어내는 데 적극 활용하도록 하자.

여왕의 Advice

회사에서 시달린 아버지가 집에 들어온다.

아들은 "아버지, 다녀오셨어요~" 하고 그치는데 딸은 "아빠, 피곤하시죠. 안마해드릴까요~?"라며 웃는다. 이런 딸의 애교에 아버지는 그날 하루의 피로가 풀리는 걸 느낀다. 그리고 자연스럽게 "우리 딸, 뭐 필요한 거 없어? 용돈 좀 줄까?"라고 말한다. 그렇게 딸은 큰 힘 들이지 않고 원하는 걸(?) 얻었다.

남자의 기본 뇌구조는 다 비슷하다. 이 말은 남친도 애교에 약하지만, 아버지도 딸의 애교에 약하고, 직장에서 박 부장님도 여직원의 애교에는 약하다는 뜻이다. 쇼핑몰 남자직원도 웃으며 이것 좀 바꿔주세요 하는 여자 손님에겐 더 친절하다. 웃음, 친절, 먼저 말 걸어주는 상냥함, 이 정도 애교만 갖춰도 어딜 가든 인기녀 대접을 받을 수 있다.

폰을 멀리하면
집사는
가까워진다

#18. 고무줄의 법칙

우리 여자들, 정말 전화에 대한 의존도가 높다. 독자님들 중에 화장실에 갈 때도 폰을 들고 가는 분이 많을 것이다. 글쓴이도 늘 손 뻗으면 닿는 곳에 스마트폰을 두고 있다.

그런데 이런 말을 하면 너무 노땅 티(?)가 나겠지만, 글쓴이가 대학생일 때는 휴대폰이라는 기기가 없었다!

무슨 석시시대에서 온 사람인가? 깜짝 놀랄지도 모르겠다. 그때 통신기기는 '삐삐'라는 무선 호출기가 처음이었는데, 지금 생각하면 당최 그 불편한 걸 어떻게 썼는지 미스터리다. 그뿐만이 아니라 글쓴이가 이메일 계정을 처음 만든 것도 아마 대학교 4학년 때였던 것 같다.

폰 없는 시절의   그럼 글쓴님은 대학교 때는 연애를 안 했나요?
연   애   는   무슨 소리! 나도 대학교 2학년 때부터 연애를
어 땠 을 까 ?   했다. 헉! 핸드폰도 없이 연애를 한다는 게 과연
            가능한 일인가요?

앱솔루틀리 가능하다. 독자님들은 핸드폰이나 인터넷 없이 산다는 걸 상상하기 힘들겠지만 핸드폰 없이도 데이트 잘 하고, 모텔도 가고ㅎㅎ, 여행도 가고 할 거 다했다.

현재는 예전과는 달라도 너무 많은 것이 달라졌다. 지금은 랜덤 채팅으로 남자를 만날 수 있고, 남친이 어디서 뭘 하는지 화상통화로 확인도 가능하다. 사귀자는 고백도 카톡으로, 이별통보도 카톡으로 한다. 통신기기가 발전해서 좋은 점은 많지만, 확실히 모든 것이 이전보다 쉬워지다보니 즉흥적인 부분이 많아졌다.

글쓴이의 기억으로는 예전에는 연락할 수 없는 시간에 비례해서 뭔지 모르는 애틋함이 있었다. 지금처럼 수시로 상대방의 일거수일투족을 확인할 수 없으니까. 연락이 뜸한 대신 만나면 그간 쌓였던 이야깃거리들이 넘쳐났고, 자연스럽게 상대방에 대한 집중도가 높았다.

근데 지금은? 두 연인이 카페 소파에 나란히 앉아 상대방을 보지 않고 각자 스마트폰을 보는 게 현실이다.

특히 여자는 관계성과 연결감을 중요시 해서, 스마트폰이며 메신저며 항상 'ON' 상태로 두어야 마음이 편하다. 하지만 언제든 연락할 수 있다는 건 그리 좋은 것만은 아니다.

생각해보자. 상대방이 그리워지는 건 그 사람이 내 곁에 없을 때다. 굳이 옆에 있는 사람을 그리워해야 할 이유는 없지 않은가?

집사와 고무줄의 비슷한 점	공감하겠지만 커플들의 다툼 1순위 주제는 언제나 '연락'이다. 연애 초기엔 남자도 여자도 모두 연락을 많이 하니까 문제가 안 된다. 하지만 기본적으로 집사는 여자

가 원하는 '연결감'의 욕구가 부족하기 때문에 시간이 지날수록 연락에 게을러지게 된다.

그래서 여전히 자주 연락하길 바라는 여자와 내가 어디 가서 바람피우는 것도 아닌데 왜 그렇게 연락에 목숨을 거는지 이해 안 된다는 남자가 충돌하는 것이다.

다시 말하면 사람이 무언가에 대해 생각하고 상상하는 시간은 그 대상으로부터 온전히 떠나 있을 때다. 남친에 대해서 무럭무럭 상상의 나래를 피워갈 때 그게 좋은 상상이든, 나쁜 상상이든 그가 내 옆에 없고 안 보여야 생각의 수레바퀴가 도는 걸 경험했을 것이다.

상대방에게 나를 그리워할 시간을 주어야 그 연애는 더 불타오른다. 게다가 남자는 고무줄 같은 성향이 있어서 안 끌려오려는 걸 너무 팽팽하게 당기면 툭 하고 끊어지기도 한다. 그러면 연결감의 욕구도 충족하는 동시에, 구속한다는 집사의 불평을 봉쇄하려면 어떻게 해야 할까?

해결책은 있다. 일단 지금 손에 쥔 폰부터 내려놓도록 하자.

쉽게 말해 일부러 연락이 닿지 않는 시간을 가짐으로써 그가 궁금해 하고 내 생각을 하게 만들라는 이야기다.

매번 전화가 부재중이거나 2박 3일 세미나를 가서 전화 한 통이 없다면 상대방은 사랑을 의심할 거다. 그러나 회사에서도 종일 메신저에 연결되어 있고, 퇴근길 지하철에서 카톡, 자기 전엔 무제한 통화까지 하는 사이라면 뭐라도 하나 줄여보라는 이야기다.

그리고 먼저 연락의 룰을 정하는 센스를 발휘해보자.

상대방이 불특정하게 연락을 안 받는 상황을 만들기 전에 먼저, 나는 언제는 통화가 안 될 것이고, 너와 만나주기 어렵다를 인식시킨다. 그러면 상대방이 그를 배려할 수밖에 없고, 나중에 다툼이 생겨도 본인에게 유리하게 일을 진행할 수 있다. 예를 들면 "나는 수업 중에는 카톡 안 한다고 미리 말했는데 굳이 수업 중에 카톡 해놓고 왜 확인 안 해서 늦게 왔냐는 건 좀 아니잖아~?"라는 식으로 말이다.

　글쓴이도 그렇지만 자주 연락하고 서로의 일상을 나눈다는 건 여자의 포기할 수 없는 즐거움이다. 하지만 서너 시간 전화 좀 안 받았다고 부재중 전화 30통에 문자까지 다다다 찍혀 있으면 나를 좋아해서 그렇구나, 전화 안 받은 내가 죽일 놈이지 할 남자가 있을까?

　핸드폰은 연애를 재밌게, 즐겁게 하기 위한 하나의 수단이다. 잠금 패턴 알아내서 몰래 문자, 카톡 확인하고, 위치추적하고… 하루하루 좌불안석으로 살 거면 연애는 뭐 하러 하는가?

　그와 연결되고 싶은 기분을 하루에 얼마간이라도 내려놓자. 그만큼 연애는 더 찐~해질 것을 보장한다.

"사람은 누구나 비밀이 있지만 좋아하는 남자에게는 예외로 할래요." 하는데 상대방이 요구하지 않는 한 굳이 그럴 필요 없다.

흔히 무수리 처자들은 자기 프라이버시도 모두 알려주고 상대방 프라이버시도 속속들이, 그야말로 모든 것을 나누려고 하는데 잘못된 판단이다. 권태기가 왜 오겠는가? 상대방에 대해 너무 잘 알고 익숙해서 더 이상 새로울 것이 없을 때 권태기가 온다.

남자는 기본적으로 '흥미 위주'다. TV리모콘을 쉴 새 없이 돌리는 건 따분함을 못 참기 때문이다. 그런데 자기만의 프라이버시가 있는 여자는 뭔가 비밀스러워 보이고, 신비감이 느껴진다. 그럴 때 그는 더 그녀를 알고 싶다는 '흥미'를 느낀다.

비록 갈 데까지 간, 서로의 알몸을 본 남친이라 해도 십 년 같이 산 마누라처럼 굴지는 말자. 관계가 깊어질수록 연락을 적당히 조절하고, 자연스럽게 내 프라이버시를 확보하는 게 좋다(독립의 법칙 편을 참고하라).

"사막이 아름다운 건 어딘가에 우물이 숨어 있기 때문이야."

생 텍쥐베리의 《어린 왕자》에 나오는 말이다. 지혜로운 여왕은 목마른 남자가 스스로 찾아 나서도록 우물을 감춘다.

바보 온달도
장군이
될 수 있다

#19. 평강공주의 법칙

글쓴이의 가정사 이야길 잠깐 하련다.

아버지께서 40대 초반인가 직장을 그만두고 자기사업을 시작하셨다. 그런데 운이 없었던 건지, 준비가 덜 되었던 건지 사업이 잘 안 되셨다. 그렇게 말아먹기를 몇 번을 반복한 걸로 안다.

그러자 실망한 엄마는 이후로 아버지가 뭘 해보겠다고 하면 "당신이 뭘 그런 걸 하겠어요. 그냥 가만히 있는 게 도와주는 거예요."라며 매사에 반대를 하셨다.

뭘 하려면 하지 말라는 엄마의 반대로, 아버지는 결국 40대라는 어찌 보면 한참 일할 너무 이른 나이에 거의 은퇴하다시피 하게 되셨다. 중간 중간 다른 일들은 했지만 본인 뜻인 큰 사업은 결국 못하고 말았다.

글쓴이는 가끔 생각한다. 엄마가 그렇게 끝내 반대하지 않았다면 어떻게 되었을까?

자식인 내가 봐도 아버지의 재능이 참 아깝다는 생각이 드는 이유다. 물론 엄마 입장도 이해는 간다. 소소하지만 실패가 반복되니 그대로 두었다간 집안이 완전히 거지꼴이 되겠구나 싶으셨을 거다.

아주 나중에야 글쓴이는 알았다. 남자는 결혼하면 아내에게 의존을 많이 한다. 그리고 소심해진다. 총각 때는 잃을 것이 없으니 무서울 것도 없었는데, 결혼한 후에는 자식들, 와이프, 집 등등 잃어서는 안 되는 것들이 생겨버렸기 때문에…

남자는 현재지향적이고 자극을 좋아하다보니 철없이 굴 때가 많다. 내일이 당장 시험인데도 오늘 밤새워 게임을 하거나, 전셋집 구할 돈도 마련하지 않고선 할부 자동차를 먼저 산다.

이런 남자를 철들게 할 사람은 오직 그를 길들이는 여왕님이다. 남자는 여왕을 통해서 지금 짜릿하고 즐거운 것만이 연애의 전부가 아님을 알게 된다. 그리고 두 사람의 미래를 계획하기 시작하고, 책임감에 눈을 뜬다. 한 마디로 진정한 남자가 되어가는 것이다. 크~ 그러고 보면 여왕은 참 대단한 존재다(박수 좀 치자. 짝짝짝!).

그러면 어떻게 해야 집사를 더 훌륭한 남자로, 바보 온달을 온달 장군으로 만들 수 있을까?

이미지	한 가지 방법으로 '이미지 게임'을 추천한다.
게 임	이미지 게임이란 사람은 언제, 어디서, 누구를 만나느
	냐에 따라 상대방에게 보이고 싶은 이미지로 자신을
	연출한다는 것이다.

독자님들이 직장에서 연출하고 싶은 이미지와 남친을 만나서 연출하고 싶은 이미지와 친구들에게 연출하고 싶은 이미지는 그때 그때 다른 것과 같다. 사람은 누구나 이미지 게임을 한다. 그리고 이미지 게임을 잘하는 사람이 사회생활도 편하게 하고 연애도 잘 한다.

그래서 적을 만드는 건 아주 간단하다. 상대방이 연출하려는 이 미지에 찬물을 끼얹으면 된다. 홋~ 하는 비웃음과 함께. 사람들이 연출하려는 이미지는 자기가 좋아하는, 되고 싶은 이미지이기 때 문에 그 이미지에 금이 가면 진짜 자신이 모욕당한 것처럼 느끼기 때문이다.

반대로 자신이 연출한 이미지를 멋있다, 근사하다, 칭찬해주고 소중히 여겨주는 사람에게는 호감을 느낀다.

어느 날 백수 남친이 친구한테 돈을 빌려 기념일을 챙겼다. 기특 함 반, 걱정 반으로 무수리 처자가 말한다.

"자기가 무슨 돈이 있다고 이런 걸 샀어? 나 이런 거 필요 없어.

자기는 걱정도 안 돼? 아직 취업도 못했잖아~."

이렇게 위한다고 하는 말 한마디에 남자는 자신이 연출하려던 '멋진 남친' 이미지가 박살나는 것을 느낀다. 그리고는 바람 빠진 풍선처럼 쪼그라들고 위축되어 "그래, 난 이것 밖에 안 되는 놈이야~"라며 새우잡이 삐딱선을 탈 것이다.

다시 말해 무수리는 남자가 어떤 이미지로 자신을 연출하고 싶은지를 잘 모르는 '둔한' 여자다. 여왕은 집사가 어떤 이미지로 자신을 연출하고 싶은지를 잘 파악하는 '영리한' 여자다.

무수리 처자가 "네가 무슨 돈이 있다고 이런 걸~" 하는 순간 남자에게는 루저의 이미지가 심어진다. 영리한 여왕은 "자기 정말 능력자구나! 게다가 센스도 있고, 내가 뭘 좋아하는지도 잘 아네~ 자기 최고~"라고 그를 띄워주고, 그가 바람직한 이미지에 다가갈 수 있게끔 방향을 컨트롤해준다. 여왕에게 칭찬받은 집사는 그 행동을 반복, 발전시키려고 할 것이다.

흔히 남자는 인정받길 원하고 여자는 사랑받길 원한다고 하는데 오해가 있다.

남자도 여자와 똑같이 사랑받길 원한다.

다만 여자는 '관심'을 사랑의 표현이라고 생각하고, 남자는 여자의 '인정'을 사랑의 증표로 생각한다. 무수리 처자들은 시간이며 돈이며, 마음이며 줄 수 있는 만큼 다 주는데 그는 왜 내 사랑을 몰라줄까 하지만, 남자가 원하는 사랑의 증표가 따로 있음을 알아야 한다.

덧붙이자면 글쓴이의 아버지가 일찍 일손을 놓으셔서 결국은 엄마에게로 가정 경제의 부담이 넘어갔다.
엄마는 아버지한테 하지 말라~ 하지 말라~
한 말의 책임을 자신이 지게 될 줄
아셨을까?

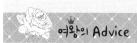

👑 여왕의 Advice

'피그말리온 효과(Pygmalion Effect)'라고 들어봤는가?

그리스 신화 중 하나로 피그말리온이라는 조각가가 여인을 조각하고 자기가 만든 그 조각을 깊이 사랑하게 되었다. 이를 본 아프로디테 여신이 그 조각을 사람으로 만들어줬다는 이야기다. 타인에게 기대와 관심을 받으면 거기에 부응하려고 하는 사람의 심리를 말한다.

어쩌다 베푼 친절에 친절한 분이시군요~ 라면서 계속 호의를 기대하는 상대방에게는 친절을 보일 수밖에 없다. 어떻게 보면 고도의 심리적 낚시라고도 할 수 있는데 ㅎㅎ 이를 집사를 길들이는 데 활용할 수 있다. 집사가 작은 일을 도와주면 "어쩜 자기는 이런 사소한 걸 챙기는 걸 보니 정말 배려심 있는 남자인가 봐." 하며 미소를 짓는다. 그러면 평소에 그닥 매너가 좋지 않은 남자라 하더라도 정말 그런가? 하면서 점점 배려하는 행동을 하게 된다.

구체적으로는 이때 '~한 걸 보니 ~한 사람이구나. 멋지다!'라는 문장을 활용하자. 사람은 합리적이라고 판단하면 그를 사실로 받아들이는 경향이 있다. 그래서 그렇게 말하는 것에 대한 이유를 설명해주면 저항 없이 받아들인다(일종의 최면 언어 패턴).

예를 들면 '시간약속을 잘 지킨 걸 보니 믿을 만한 사람이네'라고 했다. 얼핏 들으면 이상한 점을 못 느끼겠지만, 시간약속을 잘 지켰다고 믿을 만한 사람이라는 보장은 없다. 사기꾼도 시간약속은 잘 지킨다.

하지만 사람들은 대부분 이런 표현을 맞는 말이라고 생각한다는 함정이 있다. 쉽게 말해 이유는 그냥 장식일 뿐이다. 오빠가 취업된 걸 보니 역시 내가 내조를 잘해서, 우리가 만난 건 전생부터 인연이 있어서 등등 자신에게 유리한 조건으로 말을 만들기 나름이다. 잘 반복해서 활용하면 그는 당신의 노예~ㅎㅎ

여왕은
다툴 때도
선을
넘지 않는다

#20. 깨진 유리창의 법칙

여왕으로서 훌륭하고, 집사도 잘 길들였다. 그러면 동화에 나오는 것처럼 "두 사람은 영원히 행복하게 살았답니다~"가 될 수 있을까?

바람은 그렇겠지만 현실적으로는 힘들다. 기본적인 뇌생리 구조의 차이는 물론이고, 20년 넘게 전혀 다른 환경에서 자라온 두 남녀가 모든 부분에서 잘 맞기란 어려운 일이다. 잘 안 맞으니까 싸움이 날 수밖에 없다.

그러니 연인 간의 다툼은 연애의 '필수코스'라고 생각하자. 피할 수 없으면? 즐겨야지. 다투더라도 요령 있게 화해만 잘하면 관계는 오히려 더 돈독해지기도 한다.

고수는
이렇게
싸운다

온라인상 논쟁을 보자. 차분하게 서로 논리의 허점을 지적하다가 어느 순간 욱! 하고 폭발해서 "너는 애비 애미도 없냐?" 인신공격으로 빠지면 그 사람은 지는 것이다. 아이들 싸움도 똑같다. 코피가 나서 "엄마~ ㅠㅠ" 하고 울음을 터뜨리는 아이가 진 것이다.

집사와 다툴 때도 마찬가지다. 여친이 말로 밀리는 경우는 드물다. 그런데 문제는 싸우다가 지나치게 감정적이 되는 경우다. 감정적이 되면 해서는 안 되는 말을 해서 집사의 자존심을 크게 건드릴 수 있다. 남자는 쪼잔해 보일까 싶어 내색하지 않으려 하지만, 자존심에 스크래치가 나면 분노하고 저항한다. 장기간 파업(?)의 가능성이 생긴다는 것이다.

말했지만 연인 간에 싸워서 누가 이기고 지는지 따지는 건 아무 짝에도 쓸모없다. 상대방의 사과를 받고 안 받고가 중요한 게 아니라, 내가 원하는 걸 얻어낼 수 있느냐가 더 핵심 아닐까?

한 번 금이 간 유리창은 다시 붙이기 어렵다. 그러니 적당한 싸움은 괜찮지만, 죽자고 덤벼서 연인사이라는 신뢰의 유리창에 금이 가는 일은 없어야 할 것이다.

동의했다면 집사와 다툴 때 주의할 점 몇 가지를 정리해보자. 잘 싸우고 나면 서로 며칠씩 잠수를 타는 일 없이 당일로 툭툭 털고 화해하는 것도 충분히 가능하다.

1. 왜 화가 났는지, 어떻게 해주길 바라는지 명확히 한다

가장 도움 안 되는 화법 중의 하나가 "오빠는 내가 왜 화가 났는지 몰라?"라는 표현이다. 오래 사귄 연인이라면 대충 눈치로 알아차리기도 하겠지만 대부분 집사는 여친이 왜 화가 났고, 왜 서운한지 이유를 잘 모르는 경우가 많다.

이 원통함을 구구절절 말로 어떻게 설명하나? 싶을 텐데 여왕의 노력이 필요한 부분이다. 앞서 설명한 언어사용법을 참고하여 활용하자. 예를 들면 "오빠가 제주도에 놀러간다는 약속을 지키지 않아서 내가 몹시 서운해. 나 제주도 가고 싶어. 언제 갈 거야?"라고 정확히 전달하도록 한다.

2. 예전 일을 꺼내지 않는다

여자는 어떻게든 참아보다가 화를 폭발시키는 경향이 있다. 그러다 보니 다툴 때 "오빠는 늘 그런 식이야! 지난 번 여름휴가 때도 그러더니!"라면서 이전에 서운했던 일까지 꺼내곤 한다.

말했지만 남자는 현재지향적인 태도 때문에 평소 과거나 미래의 일은 망각의 저편으로 던져놓고 산다. 그래서 여친이 예전 일을 다시 언급하면서 화를 내면 정말 이해하기 어렵다고 투덜거리는 것이다(같은 이유로 미래 계획을 세우지 않는다고 화를 낼 때도 역시 황당해한다).

그리고 상대방의 사과하는 태도가 맘에 들지 않는다고 '늘', '항상', '언제나' 같은 표현으로 비난하면 집사의 거부감이 심해질 수 있다. 우리 부모님들이 "넌 누굴 닮아 항상 그 모양이니?"라고 하면 자식 입장에서도 정말 빡치지;; 않던가.

3. 헤어지자는 말은 무기가 아니야

남녀를 불문하고 연인한테서 듣기 싫은 말 1위를 당당하게 차지하는 말이 바로 '우리 헤어져!' 다. 연인사이라는 유리창에 짱돌을 던지는 말로 봐도 무방하다. 여왕이라면 그럴 리 없겠지만, 이 말을 남친 길들이는 무기로 생각하는 어설픈 무수리 처자들이 많은 것 같다.

진심이든 아니든, 헤어지자는 말 듣고 기분 좋을 사람 없다. 처음 한두 번이야 집사가 손이 발이 되도록 비는 걸 볼 수 있다고 해도, 상습적으로 헤어지자는 말을 남발하면 생각 없는 여자가 될뿐더러 잘 먹히지도 않는다(또 시작이네~). 그야말로 동화에 나오는 '양치기 소년'이 되는 거다.

그리고 말에는 이루어내는 힘이 있음을 명심하자. 가수 인생 노래 따라 간다는 말도 있다. 속마음은 그렇지 않아도 자꾸 반복하는 말은 현실이 된다.

　개인적으로 추천하는 방법이 있다. 가급적이면 평소 서로에게 존댓말을 쓰는 것이다. 존댓말은 말하는 사람을 어느 정도 진정시키는 효과가 있다. "오빠가 오늘 좀 늦으셨네요~"하면서 악다구니를 쓰기란 쉽지 않으니 말이다. ㅎㅎ

　여기에서는 남친과의 대화만을 설명했지만 수많은 인간관계 안에서 내가 원하는 걸 구체적으로 표현하고, 상대방이 오해하지 않게끔 잘 전달하는 것은 상당히 중요하고 또 필요한 능력이다.

　여러 말을 하기보다 《비폭력 대화(바오출판사)》라는 책을 강력 추천한다. 여왕이 되고 싶다면 화법에 관해서 이 책만큼은 꼭 읽어보길 바란다.

말다툼을 한 번 하고나면 꽤나 지치는 걸 느낀 적 있을 것이다. 갈등은 그만큼 에너지 소모가 심한 일이기 때문이다.

특히 남자는 연인과의 말다툼은 불필요한 에너지 소모(번식에 하등 도움이 안 됨)로 보고 일단 피하자는 경향이 있다. 반면에 여자는 갈등이 조금이라도 남아 있으면 관계에 안 좋은 영향을 미칠 수 있다고 보고 가급적이면 그 자리, 혹은 그날로 화해를 하려고 한다. 예를 들면,

여친 · 아직 내 말 다 안 끝났으니까 이야기 좀 더 해.

남친 · 미안하다고 아까 다 했잖아? 피곤하니까 그만하고 집에 가자.

여친 · 오빠, 지금 내 말 무시하는 거야? 아직 할 말 남았다니까?

남친 · 야, 질린다. 그만해. 똑같은 말을 몇 번이나 하려고 그래?

이렇게 갈등을 완전히 해소하고 싶은 여자와 그만하자며 대화를 거부하는 남자가 맞서 더 큰 싸움이 되기도 한다.

사실 이 부분은 서로 성향이 다른 게 원인이라서, 누구 방식이 맞는다고 편을 들기는 어렵다. 중요한 건 남자의 갈등 해소 방식을 이해하면 불필요한 오해나 싸움을 방지할 수 있다는 점이다.

먼저, 그들이 대화를 피하는 건 여친을 무시해서가 아님을 기억하자. 말

하기 싫다고 할 때 끝까지 붙잡고 늘어지면 남자가 폭발할 수 있으므로 사과의 말이 오간 후에는 적당히 놓아주는 게 낫다. 잘 길들인 집사라면 집에 돌아가 혼자만의 시간을 가진 후에는 '역시 내가 잘못한 거 같네. 내일 만나면 잘해줘야겠다.'고 생각하게 되어 있다.

감정이 해소되지 않은 채로 헤어지면 여자 입장에서는 불안하고 찜찜하기도 할 텐데, 크게 염려하지 않아도 된다. 내버려두면 남자는 다시 원상회복(고무줄) 한다.

그리고 말다툼이 나면 일단 남자는 입을 다문다. 이때 상대방이 말이 없는 것 또한 여자 입장에서는 환장할 노릇이다. 그러나 말을 하라고 재촉하는 것 역시 별 도움은 안 된다.

남자가 무슨 생각인지 들어보고 싶으면 대화를 시작할 때 마주보고 앉지 말고, 옆으로 나란히 앉도록 하자(운전석과 조수석에 앉은 모양).

이렇게 하면 그에게 너와 내가 맞서 대립하는 적이 아니라, 같은 방향을 바라보는 연인이고 한 편임을 공간상으로 인식시키는 효과가 있다. 성당에서 고해성사를 할 때도 칸막이 너머의 신부님을 볼 수 없지만, 안 보이기에 오히려 속마음을 술술 털어놓게 된다. 그렇게 눈이 마주치지 않는 옆자리에서 내 편이 이야길 들어준다는 느낌을 받으면, 남자 쪽에서도 비교적 편하게 입을 열 수 있다.

3부

내 마음, 치유가 필요한 시간

이별 편

이별에 대처하는
우리의 자세

#21. 셀프 헬프(Self Help)의 법칙

'이별', '실연'이라는 단어를 들으면 무수리 처자는 먼저 심장이 쿵! 하고 내려앉는 기분이 들지도 모르겠다.

오해하기 쉬운데 여왕이라고 100% 이별 없는 연애를 한다는 건 아니다. 적어도 남자한테 헌신하다 헌신짝처럼 차이지는 않겠지만 여왕이 집사를 해고할 수도 있고, 집사가 피치 못할 사정으로 멀리 이민을 갈 수도 있고 헤어짐의 변수는 다양하다.

건강의 비결을 알면 남들보다 오래 살 수는 있겠지만, 절대 죽지 않는 건 아니지 않은가? 연애도 그러하다.

그리고 글쓴이도 경험했지만 이별이 오히려 인격적인 성숙의 계기가 되기도 하니 나쁜 것만은 아니다.

조 금 쯤   어쨌거나 머리로는 알아도 가슴으론 인정하기가 힘

냉정하게,   든 게 이별이다.

책 임 감   누구나 이별 뒤 한두 달이 가장 힘들다. 입맛도 없고,

잠은 안 오고, 그가 꿈에 나오고, 사는 게 사는 것 같

지 않고… 어떻게 하면 그가 돌아올 수 있을까? 오직 그 생각만 하게

되는 시기다.

　이렇게 생각에 잠겨 있다 보면 상대방이 바람이 나서 헤어진 게

바람직한 경우인데도 내가 평소에 잘해주지 못해서, 내가 부족하

고 못나서 라는 망상에 빠지게 된다. 다시 좋은 남자도 만나고, 웃

고, 꾸미고, 행복하게 지내야 하는데 자괴감 때문에 현실이 망가

진다. 몸이 아프고, 매사에 의욕이 없고, 회사일도 하기 싫고, 내

삶이 이렇게 된 건 다 그놈 책임이고…

　그런데 생각해보자.

　어떤 연애관계에서도 남자가 여자에게 '내 여친은 나에게 책임

감이 없어. 어떻게 이럴 수 있나?'라는 말을 하는 경우는 거의 없

다. 보통 '책임감'이라는 단어는 여자가 남자의 불성실한 태도를

따져 물을 때 사용하는 말이다. 왜 여자만 남자에게 책임 소재를

운운하는 걸까?

　연애를 하고 그 연애가 결혼까지 이어지면 책임감이 있는 걸까?

결혼을 하고서 절대 바람피우지 않으면 책임감이 있는 걸까?

그렇다면 여자를 두고 불의의 사고로 먼저 죽어 떠나는 연인이나 남편은 책임감이 없는 걸까? 대체 뭘 가지고 한 남자의 '책임감'을 판단할 수 있을까?

남친이 바람을 피웠다, 나한테 못할 짓 해놓고 딴 년 만난다, 이건 그의 책임의식과는 아무 상관이 없는 문제다. 왜냐?

상대방은 이미 충분히 책임을 지고 있다. 자신의 감정과 행동에 대해서. 그러니까 나쁜 놈, 쓰레기 소리 들을 걸 알면서도 양다리 걸치고 여자에게 헤어지자고 나올 수 있는 것이다. 내 입장에서는 배신이, 새 여친 입장에서는 책임감 있는 행동으로 보일 것이다.

글쓴이가 하려는 말은 사람은 누구나 자신의 삶, 자신의 문제밖에 책임 지지 못한다는 걸 인정하자는 것이다. 또 그래야 함이 당연하다. 누가 독자님들에게 '네가 날 좋아하게 만들었으니 내 인생 책임져야 해'라고 하면 얼마나 부담스럽겠는가?

연애 때문에 몸과 마음이 상하고, 그 때문에 다른 사랑도 못하고 인생 패배자가 된다면 그건 내 책임이지 날 차버린 상대방의 책임은 아니다.

글쓴이는 이별 후에 자기 삶이 망가지는 지경까지 내버려두는 그녀들을 많이 보고 이 책을 써야겠다는 마음을 먹게 되었다.

내 삶은 나의 것이고, 사랑은 내가 주체가 되어서 해야 한다. 누가 대신 살아주고 대신 해줄 수 있는 게 아니다. '효도는 셀프(Self)'라는 네티즌 명언도 있다. 같은 의미에서 당당하고 멋지고 행복하게 삶을 꾸려야 할 책임은 바로 나에게 있음을 기억하자.

여왕의 Advice

아래는 《인생수업》, 《상실수업》 등으로 잘 알려진 엘리자베스 퀴블러 로스(Elizabeth Kubler Ross) 박사의 '죽음의 5단계'를 이별에 관한 것으로 재해석 한 것이다. 죽음도 하나의 헤어짐이고, 헤어짐 역시 죽음처럼 힘든 일이기 때문에 통하는 내용이 많다.

이별의 5단계

제1단계 · 부정(Denial) 대부분 이별통보를 받으면 처음에는 강하게 부정한다. 그 사람이 내게 이럴 리가 없어, 우리 사이가 이렇게 끝날 리가 없어, 라는 부정이다. 현실을 인정할 수도 없고, 받아들일 수도 없는 상태다. 이때는 힘내라는 조언을 귀담아 듣기 어렵다.

제2단계 • 분노(Anger) 나를 버리고 상처주고 떠난 상대방을 미워하는 시기. 내가 얼마나 잘해줬는데 이럴 수가 있나? 라면서 상대방에게 직접 화를 내기도 하고, 혹은 이런 말도 안 되는 이별을 맞게 한 운명이나 환경을 저주하기도 한다. 온 세상에 대해 미움과 분노를 느끼는 시기다.

제3단계 • 타협(Bargaining) 이 시기에는 떠난 연인에게 매달린다. 어떻게든 다시 잘해보자고… 제발 돌아오라고… 그 사람에게, 주변 사람에게, 혹은 신에게, 점술가에게, 할 수 있는 한 이별을 막기 위한 최대한의 노력을 해본다.

제4단계 • 깊은 우울(Depression) 위의 세 번째 단계의 노력이 아무 소용이 없고, 부질없는 행동이란 걸 알고 관계를 돌이키기 위한 모든 노력을 멈춘다. 그리고 깊은 우울에 빠진다. 남이 공유하거나 공감해줄 수 없는 그야말로 철저히 부서진 자기 내면과 마주하는 힘든 시간이다. 이 시기를 잘 넘겨야 한다.

제5단계 • 수용(Acceptance) 성숙의 단계라고 할 수 있다. 깊은 우울에서 어느 정도 시간이 흐른 뒤에 자신에게 일어난 이별이란 사건을 긍정도 부정도 하지 않고 있는 그대로 받아들이게 된 단계다. 비록 지치고 쇠약해졌겠지만, 새 출발을 위한 전환점이 되는 시기다.

이별 앞에서 '왜?'는 무용지물

#22. 판도라의 상자 법칙

그리스 신화에 신이 만든 최초의 여자 '판도라' 이야기가 나온다. 내용은 잘 알다시피 판도라가 궁금증을 못 참고 금지된 상자를 열어서 세상에 모든 악이 퍼져 나갔다는 허무맹랑한(참나~ 여자가 뭔 잘못이라고) 이야기다.

비슷한 이야기로 유럽 쪽의 전래동화가 바탕인 '푸른 수염'이 있다. 이 역시 남편인 푸른 수염이 열지 말라고 금지한 방의 문을 몰래 열고 충격적인 진실을 마주했다는 여자의 이야기다.

이 두 가지 이야기에서 눈에 띄는 공통점은 '궁금증을 참지 못한 여자'라는 부분이다. 그렇다. 우리 여자들, 궁금한 거 정말 못참는다.

머리에 한 발?
가슴에 여러 발?

남친이 어디서 뭘 하고 있을까? 점심은 뭘 먹었을까? 내 생각은 하고 있을까? 이따 저녁에 뭐하지? 남친의 일상이 궁금해서 여자들은 손에서 폰을 놓지 못한다. 갑자기 살을 10키로나 뺀 친구가 자랑만 하고 비결을 안 알려주면 궁금해서 미칠 지경이 되기도 한다.

신화에서처럼 여자에게 '왜?'는 일종의 숙명과도 같다. 심지어 "오빠는 나를 왜 사랑해?"라고 묻기까지 할 정도로 말이다. 그래서 이별을 맞는 순간에도 '왜?'를 해결하려나 보다.

남친으로부터 느닷없이 이별통보를 받으면 슬프고 화나는 건 나중 문제고 헤어지자는 이유가 제일 먼저 궁금해진다.

남자는 "너랑 나랑 잘 안 맞는 거 같다." 할 뿐 다른 말은 없다. 그럼 여자는 더 답답하고 화가 난다. 싫어졌다면 왜, 어떤 점이 이제 와서 싫어졌는지, 안 맞는다는 게 무슨 말인지, 다른 여자가 생긴 건지, 내가 뭘 잘못했는지…

하지만 따져 물을수록 남자는 헤어지는 마당에 이유가 뭐가 중요하냐며 점점 더 침묵하고, 이내 자리를 피하기까지 한다. 여기서 그치면 다행인데 그렇지 못하고 왜에 집착하면 이별이 추해지는 경우가 많다.

브래드 피트가 나오는 야구영화 〈머니볼(Moneyball, 2011)〉 이야기를 해보자. 이 영화에서 참 기억에 남는 장면이 있었다. 빌리 빈 단장(브래드 피트)이 피터(함께 일하는 파트너, 부단장)에게 선수 해고 통보를 지시하는 장면이다.

피터　　・전 그런 일 안 해봤는데… 못할 것 같습니다.
빌리 빈　・어렵지 않아. '자네는 오늘부로 트레이드 되었어. 그동안 수고했네. 나머지는 매니저가 알아서 해줄 걸세' 이 말만 하면 되네.
피터　　・아, 그런 말만 한다면 너무 비인간적이지 않을까요?
빌리 빈　・몰라서 하는 소리야. 머리에 한 발을 쏘는 게 낫나, 가슴에 여러 발을 쏘는 게 낫나?

맥락을 설명하면, 트레이드 되는 선수 당사자는 경기 성적이 별로 안 좋으니까 트레이드 되는 것이다. 못해서, 필요 없으니까 다른 팀으로 방출되는 건데 이유를 설명한답시고 '아쉽지만 너는 이번 시즌에서 타율이 안 좋고, 이러이러한 실수를 했고, 연봉은 얼마였는데 결과적으로 팀에 도움이 안 되어서 방출이네' 할 필요가 없다는 뜻이다. 굳이 방출하는 이유를 재확인시켜 마음에 상처 줄(가슴에 여러 발) 필요가 있느냐는 말이다.

어떻게 보면 명쾌한 이 장면이 남자들이 종종 보여주는 이별통보의 대표 사례라고 할 수 있다.

글쓴이도 경험한 적 있지만, 그를 닦달하고 추궁해서 왜 헤어지는지 미주알고주알 들어봐야 좋을 거 하나도 없었다. 차라리 모른 채 머리에 한 발만 맞고 헤어질 걸, 괜히 물어봐서 가슴에 여러 발 맞았네 하는 아주 더러운(?) 기분만 들 뿐이었다. 헤어짐의 이유 같은 건 알아봐야 별 도움 안 되는 게 진리다.

가끔 무수리 처자들은 '헤어지는 이유를 알면 단념할 수 있겠어요ㅠㅠ'라고도 하지만, 이유? 들어봐야 절대 납득할 수 없다.

감정의 문제로 헤어지는 데 아무리 합리적으로 설명한다한들 어떤 부분에서는 말이 안 되기 때문이다. 평소에 싸우듯 진짜 이유를 대라고 따지면 남자는 점점 더 안 좋은 이유나 구실을 만들어낼 것이다. 궁지에 몰렸으니까.

네가 뚱뚱해서 헤어지는 거야, 이런 말인지 방구인지 되지도 않는 소릴 듣고 유쾌할 수 있을까?

결론적으로 누군가를 사랑하는 데 이유가 중요하지 않은 것처럼, 헤어지는 데도 '왜'는 별 도움이 안 된다는 이야기다.

"떠나는 누군가를 붙잡기 위해 너무 오래 매달리다 보면 내가 붙잡으려는 것이 누군가가 아니라, 대상이 아니라 과연 내가 붙잡을 수 있는가, 없는가의 게임으로 발전한다. 그리고 게임은 오기로 연장된다. 내가 버림받아서가 아니라 내가 참을 수 없는 것들이 하나 둘 늘어간다는 사실에 참을 수 없어 이를 악물고 붙잡는다. 사람들은 가질 수 없는 것에 분노한다."

— 이병률의 《끌림》 중에서 —

글쓴이도 지금 생각해보면 헤어지자는 누군가를 붙잡았을 때, 사랑보다는 '오기'가 컸던 것 같다. 나를 이렇게 불행하게 해놓고 너는 행복하겠다는 게 말이 돼? 하는 심정이랄까.

괜한 고집, 괜한 오기는 시간이 지나 돌아보면 그때 내가 왜 그랬을까? 후회와 자책만 남는다. 정작 오기가 필요한 부분은 따로 있다. '그래, 갈 테면 가버려. 앞으로 너보다 좋은 남자 만나 잘 먹고 잘살 거야!'라고 자신의 행복을 다짐하는 오기 말이다.

판도라의 상자 이야기로 이 단락을 시작했는데, 연애를 하는 과정에서도 상대방의 모든 것을 낱낱이 알려고 하지 말자. 이메일 비번, 폰 잠금 패턴 등… 모르는 게 때로는 더 나은 것도 있다. 푸른 수염이 열지 말라고 했던 금지된 방의 비밀처럼.

이별 후
그는 얼마 만에
나를 잊을까?

#23. **홀아비의 법칙**

역시 글쓴이의 무수리 시절 이야기다(신상털기가 따로 없다ㅎㅎ).

어찌어찌해서 10살 차이가 나는 남자를 좋아하게 되었다. 상대방의 반응도 어린 여자니 황송하다는 식이었고, 요즘은 여자가 고백해도 괜찮다는 주변의 응원에 힘입어 내가 먼저 고백을 했다.

결과는 예상할 수 있듯 '거절'이었다.

그의 말인 즉, "본의 아니게 총각행세를 해서 미안한데 실은 나, 돌싱(돌아온 싱글, 이혼남)이야."라는 거였다. 본인은 그래서 연애를 할 생각이 없고, 혹시 연애를 해도 다시 결혼할 생각은 전혀 없다고 했다.

거기서 멈췄어야 하는데, 그에게 깊이 빠졌던 나는 요즘 세상에 이혼이 무슨 큰 흠이냐며 그를 붙잡아보려 했지만 그는 냉정하게 거절하고 사라져갔다.

연애할 생각도 없고 다시는 결혼할 생각도 없다면서 나한테 보인 친절과 그 연애 비슷한 행동은 뭐였지? 혼자만의 착각이었다구?

그렇게 혼란스럽고 마음 아파하는 과정에서 황당한 소식이 들려왔다. 그가 결혼을 한다는 것이었다. 그때 심정은 정말 이런 울트라메가쇼킹고투헬오마이갓! 으로도 표현할 수 없을 것 같다.

구 남 친 아 , 뭐가 그리도 급 했 니 ? 나중에 연애상담을 하는 과정에서 내가 겪었던 저런 경우가 얼마나 흔한 일인지를 알게 되었다. 헤어지고 여자는 한동안 아파하고, 힘들어하고, 자기를 뺑 차고 떠난 못된 집사를 그리워하며 돌아오길 기다리기도 한다. 내가 너무 구속해서 그런 거야, 달라진 모습을 보여주면 돌아올지도 몰라ㅠㅠ 희망의 끈을 놓지 않으면서…

그렇게 주변 사람들이 뭐라든 돌아올 거라고~ 매일 같이 기도하고, 다시 만나는 상상도 하고, 구남친 메일에 몰래 들어가고, 페이스북을 매일 같이 보며 하루에도 몇 번씩 소설을 썼다 지웠다 하는 사이에, 구남친은 이미 새 여자 만나 희희낙락 잘 먹고, 잘 싸고, 잘 지낼 확률이 엄청나게 높다.

배신자! 나쁜 놈! 어쩜 나랑 헤어지고 얼마 되지도 않아서! 뭐가 그렇게 급했니!

그런데 이걸 유념하자. 헤어지고 나서 '곧'이 아니라, 헤어지기 전부터 모종의 썸띵이 있었을 것이다. 왜 그런고 하니 남자가 먼저 그만 만나자고 할 때는 80% 이상 다른 여자가 생겼거나, 다른 여자가 생길 가능성이 조금이라도 있을 때이기 때문이다.

속칭 '섹파'라고 들어봤을지 모르겠다.

'섹스 파트너'의 줄임말로, 사랑하지도 않으면서 섹스의 목적으로만 사귀는 상대방을 섹파라고 한다.

말했듯 남자의 섹스에 대한 원초적 본능은 여자들이 감히 상상할 수 없는 수준이다. 모든 남자는 겉으로는 어떻게 보일지 몰라도 잠재적으로 플레이보이 맨션의 휴 헤프너 할배가 되기를 꿈꾸는(?) 종족이다. 그래서 마음까지 맞으면 좋지만 섹스만 하는 관계라도 나쁘진 않다고 하는 남자들도 많다.

따라서 정기적으로 성관계를 하는 여친이라면 섹스가 궁해서라도 헤어질 생각을 잘 안 한다. 변화를 싫어하고, 현재에 머무르길 좋아하는 성향(귀차니스트)도 한 몫 하기 때문이다.

그들의 이런 잠재적인 심리를 이해하면 답이 보인다. 즉, 압도적인 성욕에도 불구하고 특별한 노력 없이도 잠자리가 보장되는 여친에게 헤어지자고 하는 건? 성욕을 해소할 만한 다른 대상이 생겼거나, 그럴 가능성이 높아 당분간 참을 수 있다는 뜻이다.

평생 할머니 밖에 모른다던 할아버지가 할머니 돌아가신 후엔 바로 새장가를 간다.

그렇게 금슬이 좋던 아내를 사별한 남편이 애들이 어려서… 라며 곧 재혼을 한다. 일명 '홀아비의 법칙'인 것이다. 남자들은 왜 그렇게 섹스에 목숨을 걸까? 라는 생각이 들겠지만 이는 노력해도 이해할 수 있는 부분이 아니므로 그냥 넘어가자. 섹스 문제를 떠나서 남자에게 여자는 꼭 필요한 존재다. 어머니가 되었든, 와이프가 되었든…

그러니까 무수리여, 떠나간 집사를 기다리지 마라.

돌아올 사람이면 붙잡고 기다리지 않아도 때 되면 제 발로 찾아와 매달리고 울고불고 할 것이다.

글쓴이는 고통스런 사랑과 이별을 경험했을 때, 내가 세상에서 제일 불행한 사람이라고 생각했다. 좀 지나고 나서야 내가 겪은 힘든 일이라는 게 이 세상엔 너무나 흔하고, 그리 드문 일도 아니라는 걸 알았다.

연인을 빼앗기거나, 몸이 심하게 아프거나, 집이 망하거나, 못 배우거나 하는 일은 알고 보면 세상에 널리고 널렸다. 나만 그런 게 아니라는 것이다.

연애상담을 하면서 우울에 빠진 사람들의 심리를 더 잘 알 수 있었는데, 그들의 공통점은 제각각의 이유로 자신을 세상에서 가장 힘든 사람으로 생각한다는 점이다. 이게 바로 자기연민이다.

남자들보다는 여자들이 좀 더 쉽게 자기연민에 빠진다. 연애든 직장이든 원하는 대로 풀리지 않으면 자기를 세상에서 가장 불쌍한 여자로 생각하고 우울해 하는 경향이 있다. 한편으로 자기연민에 빠져 있으면 그런 자신을 구원해줄 누군가를 기대하는 마음은 상대적으로 더 커진다. 타인에 대한 의존도가 높아지는 것이다.

또 자기연민에 빠지면 타인증오, 행복하게 잘 사는 듯 보이는 타인에 대한 부정적인 감정에 시달릴 수 있다. 예를 들어 나는 이별의 상처에서 못 벗어났는데, 구남친은 새 여친과 페이스북에 맛집 사진 올린 걸 본다면? 화가 치밀고 일상생활이 힘들 것이다.

결론적으로 자기연민은 별 도움이 안 되니 빨리 빠져나와야 한다.

재회를 꿈꾼다면
막장 이별은
금물

#24. 진달래꽃의 법칙

세상엔 희한하게 인연이란 게 있긴 있다.

무슨 말을 해도 '안 생겨요ㅠㅠ'라는 솔로들도 있지만, 정말이다. 인연은 있다. 그래서 헤어졌다가도 다시 만나는 커플이 심심치 않게 있는 것이다. 사귀는 내내 치고받고 싸우면서도 끝내 결혼하는 커플도 있고 말이다.

아무튼 떠난 집사를 기다리지 말라고 했지만 기다린다고 생각하면 힘들어지니까 그러지 말란 얘기고, 집나간 집사가 돌아오는 경우도 종종 있긴 하다.

아싸, 희망적이군요! 하겠지만 몇 가지 조건은 있다.

바람난 상대방,
어떻게
응징할까?

〈내 남자의 여자〉라는 TV드라마에서 불륜녀를 처절하게 응징하는 몸싸움 장면이 나와 화제가 된 적 있다.

김희애, 하유미 두 여배우가 서로 머리채를 휘어잡는 등 그야말로 전투를 방불케 하는 리얼한 연기를 해서 시청률이 급상승 했었다. 이때 전폭적인 지지를 보낸 상당수 팬 층이 바람난 집사 때문에 속을 앓아본 여성들이었다는 후문이 있다. ㅎㅎ

그렇다. 남친이 나 몰래 바람이 나서 헤어지는 경우를 당하면 한 번쯤 이런 장면을 꿈꿀 것이다. 카페에서 만나 바람녀 얼굴에 차가운 물을 촥! 뿌린다던지, 회사로 찾아가 여기 바람녀 있소~ 하며 공개망신을 준다던지, 따귀라도 시원하게 갈기던지… 이런 상상을 수없이 하게 된다.

그런데 이렇게 하면 미련 없이 홀홀 털어버릴 수 있을 것 같지만… 실제로는 그렇지 않다. 따귀 한두 번에 그동안의 감정이 쿨하게 정리되기란 어려운 일이니까. 정말로 머리채를 휘어잡고 돌아왔대도 다음 날 일어나면 내일 한 번 더 찾아가서 물이라도 뿌리고 아주 요절을 내야지 생각이 들기 마련이다.

결국 격하게 감정을 터뜨려서 후련한 건 하루, 길어야 이틀 정도 간다. 어떻게 아냐고? 경험을 했으니까(흑역사;;).

6년을 넘게 사귄 구남친이 있었다. 정말 잘해줬던 사람인데 막판에 다른 여자와 바람이 나서 헤어졌다. 황당한 건 아침 막장 드라마에 나오는 것처럼 바람 대상이 유부녀였다는 사실이다.

몇 번을 찾아가 제발 돌아와달라고 이건 아니지 않느냐고 매달렸는데, 그럴수록 그는 매정하고 까칠해졌다. 그러던 어느 날 사건이 터졌다. 그의 냉담한 반응에 욱한 나머지 손에 잡히는 무언가를 그에게 집어던진 것이다. 던지고 보니 라면냄비였는데, 대단한 흉기는 아니지만 나의 그런 모습을 처음 본 상대방은 놀라서 경찰이라도 부를 태세였다.

그때는 쫄아버린 그의 모습에 제대로 맞췄어야 하는 건데! 하며 통쾌해하기도 했다. 하지만 문제는 그 다음부터였다.

남녀가 만나 6년쯤 연애를 하다보면 주변에 아는 사람이 많이 생긴다. 그의 친구들도 원래 내 친구처럼 친해지는 식으로 말이다. 그런데 그 일이 있고 난 후, 주위의 반응이 놀라웠다. 오죽 화가 났으면 그랬을까 이해해주고 내 편을 들어주는 사람이 아무도 없던 거였다!

나는 순식간에 성질 더러운 난폭한 여자가 됐고, '그러니까 남자가 숨을 못 쉬어서 바람이 난 거지. 쯧쯧…' 하는 이야기가 떠돌았다. 상처받은 건 난데, 먼저 배신한 쪽은 상대방인데, 나는 이별통보를 받아도 싼 막장 구여친이 되고 말았다. 참 어처구니없었다.

그 일을 통해 깨달았다. 이별의 끝에서 추한 모습을 보이는 사람이 사랑의 패자가 된다는 걸. 이후로 나처럼 찾아가서 한바탕 하고 다 잊을래요 하는 무수리 처자들을 볼 때마다 절대 그러면 안 되느니! 떼어 말렸다.

솔직히 헤어지자고 하면 한 번은 붙잡는 게 예의일 것이다. 하지만 내가 붙잡아서 연인이 돌아온다면 상대방도 나에 대한 미련이 있기 때문이다. 애초에 돌아올 마음이 없는 사람은 아무리 붙잡고 애원하고 매달린다한들 돌아오지 않는다.

붙잡아서 상대방이 아니라고 한다면 깔끔하게 놓도록 하자. 물론 힘들겠지만. 그러면 나중에 잡을 수 있는 기회가 다시 생길 수도 있다. 이별을 인정하지 않고 계속 매달리면 두 사람의 좋았던 추억마저 망가지고, 결국 온갖 진상을 부린 찌질한 구여친이 될 뿐이다(내가 그랬다니깐;;).

연인 간의 좋은 추억은 두 사람의 애정을 더욱 깊어지게 하고, 권태기도 극복하게 해주는 중요한 '자원'이다. 그러니 될 수 있으면 평소에 좋은 추억, 예쁜 추억을 많이 쌓아서 긍정적인 자원을 확보해두자. 위급한 경우에 인출할 수 있는 적금처럼 말이다.

다투거나 헤어질 때도 가급적 그 자원은 건드리지 말고(이제 와서 하는 말이지만 그때 네가 해준 선물 정말 별로였어! 이러면 안습).

결론적으로 헤어질 때는 후일을 기약하고 좋게 헤어질 것을 권한다. 김소월 시인의 그 유명한 '진달래꽃' 시에 뭐라고 했던가.

나 보기가 역겨워 / 가실 때에는 / 말없이 고이 보내 드리오리다

영변에 약산 / 진달래꽃 / 아름 따다 가실 길에 뿌리오리다

가시는 걸음걸음 / 놓인 그 꽃을 / 사뿐히 즈려밟고 가시옵소서

나 보기가 역겨워 / 가실 때에는 / 죽어도 아니 눈물 흘리오리다

헐, 이별 하는 마당에 말없이 보내주는 것도 모자라 잘 가라고 꽃까지 뿌려준단다. 해탈의 경지가 아니고서야 가능할까 싶다.

하지만 마음먹기 나름이다. 삶을 길게 보도록 하자. 우아하게 좋은 추억을 남기고 헤어지면 집사는 언젠가 반드시 당신을 찾게 된다.

여왕의 Advice

여자들은 '나쁜 남자'를 좋아한다고 한다. 한두 번 연애를 해보면 집사감으로는 그저 착한 남자가 진국이라는 걸 깨닫게 되지만 연인으로서 나

쁜 남자가 매력적인 건 사실이다. 잘해주지 않는 남자에게 마음을 송두리째 빼앗겨버리는 무수리 처자들이 얼마나 많던가.

이 사람들은 종잡을 수 없고, 내 뜻대로 잘 안 된다는 공통점이 있다. 예측할 수 없으니까 만날 때마다 조마조마하고 스릴이 있다. 앞서 인지부조화에서 이야기했지만 종잡을 수 없으니까 상대방이 왜 그런 행동을 할까? 자꾸 생각하다가 점점 빠져드는 것이다.

고통스럽고 주변에서 반대할수록 당시는 이게 진짜 사랑인가보다 착각하지만 절대 그렇지 않다. 사랑이라면 행복한 감정이 우선이다. 하지만 사람의 마음은 간사해서 편하고 믿을 만한 상대방에게 자극을 못 느낀다. 특히 착한 남자는 말주변도 없고, 유머도 없고 그러다 보니 만나도 재미가 없다는 이유로 대부분 인기가 없다. 실은 이런 사람이 남편감으로는 더 바람직한데 말이다.

유부남과 사귀는 무수리 처자들은 어떨까? 본인이 '첩'밖에 안 된다는 걸 까맣게 모르는 채, 나쁜 남자의 매력에서 허우적거리는 것이다. 곧 와이프랑 이혼할 테니 그때까지만 힘든 거 참자고… 그 '곧'은 영원히 오지 않을 수도 있는데…

뭔가 잘못되었다는 걸 깨닫고 스스로 그 굴레에서 나오지 않으면 고통스런 악순환이 계속될 것이다. 혹 독자님들 중에 연애 때문에 고통을 겪으며 참는 분이 있다면, '고통=진정한 사랑'이라 착각하지 않기를 바랄 뿐이다.

새로운
사랑을
시작할 것

#25. 똥차가고 벤츠온다 법칙

한 TV예능 프로그램의 설문조사에서 남자와 여자에게 각각 헤어짐이 두려운 이유를 물었다.

답변으로 남자 1위가 '나쁜 놈 소리 들을까봐'였고, 여자의 답변 1위는 '헤어지면 만날 사람이 없을까봐'였다. 이 응답에 남자 패널들의 야유가 빗발쳤다. 혼자인 게 싫다고 마음도 떠났는데 사귄다니 더 나쁘다 였다.

내가 보기엔 나쁜 놈 소리 들을까봐 못 헤어진다는 변명도 구차하긴 했지만, 아무튼 여자의 입장은 이해가 갔다.

커플이었던 여자에게 있어서 다시 싱글이 된다는 건 외로운 걸 떠나 두려운 일이기 때문이다. 늦은 밤에 데려다 줄 사람이 없고, 날씨 좋은 주말에도 딱히 만날 사람이 없고, 카톡은 늘 잠잠하고,

친구들은 하나둘 결혼하는 데 혼자만 덩그렇게 남는 기분… 그게 두렵다보니 두근거림도 없고, 함께할 미래도 보이지 않지만 대안이 없어서 미적미적 유지하는 연애.

타잔 줄타기의 연애는 이제 그만
결단력이 없는 무수리 처자는 더 나은 남자가 나타나면 이 보통의 연애를 끝낼 거야 하겠지만, 착각이다.

　　　　　사람은 늘 지금보다 더 나은 환경을 꿈꾸면서 현재 머문 곳에서 벗어나길 바라는 욕구가 있다.

욕구가 있다고 실천에 옮기느냐? 그렇지는 않다. 모두 S라인 육감적인 연예인의 몸매에 감탄은 하지만 다이어트를 실행에 옮기는 사람은 극소수인 것처럼 말이다.

여왕으로 행복한 연애를 하겠다 결심을 했으면 과감히 미지근한 연애부터 청산해야 한다. 누군가 나타나서 연애를 갈아 탈 때까지 현상유지를 하겠다는 건 자신에게 솔직하지 못한 일이며, 동시에 인생을 낭비하는 일이다.

특히 의존성향이 강한 사람은 마치 타잔 줄타기 하듯이 이 남자, 다음 남자, 또 다음 남자… 식으로 넘어간다. 주위에서 볼 때는 연애가 끊이질 않으니 부러운 사람일지 모르지만, 알고 보면 그녀는 전형적인 무수리인 것이다. 문제가 끊이지 않는, 대접받지 못하는 연애를 반복하면서 '이번엔 실패했지만 다른 남자를 만나면 행복할 거야(재혼의 법칙)' 환상을 가졌으니 말이다.

외로움을 잊기 위한 만남치고 오래가는 걸 보지 못했다. 사람은 오직 존재가치만으로 사랑을 받아야지, 다른 사람을 잊기 위한 대체품이나 도구여선 안 되는 것이다. 독자님도 누군가의 외로움을 달래주는 도구가 되고 싶지는 않을 것이다.

이런 문제는 혼자가 두렵더라도 먼저 자신을 돌아보는 자숙의 시간을 가짐으로써 해결할 수 있다.

웅녀도 인간이 되려고 쑥과 마늘을 우걱우걱 씹으며 동굴에서 100일을 보냈다. 무수리 처자들도 여왕이 되려면 한동안은 연애의 휴식기가 필요하다.

사랑의 상처는 새로운 사랑으로 치유하는 거 아닌가요?

이것도 내 마인드가 충분히 건강해졌을 때 얘기다.

계속 솔로로 남으면 어떡하죠?

글쓴이의 조언대로 하면 그렇지 않을 테니 걱정하지 말자.

자숙의 시간 동안 차일만 하니까 차였겠지 라며 자학을 하거나 헤어진 남자를 붙들 궁리를 해서는 소용이 없다. 정작 필요한 것은 '객관적인 관조'의 자세다. 친구가 나 같은 연애를 했다면 나는 뭐라고 조언했을까? 라고 입장을 바꿔서 생각해보는 것이다. 이걸 다른 말로 '메타인지'라고도 한다.

보통 무수리 처자들이 연애의 고행길을 갈 때 주변에서 충고해주는 사람이 한두 명은 있었을 것이다. 그럴 때마다 "니들이 내 남친을 잘 몰라서 그래~"라면서 그들의 진심어린 충고를 애써 무시했을 것이고… 참고로 글쓴이가 쓴 다른 책《슬렁슬렁 부자되는 풍요노트》을 찾아보면 객관적 관조의 힘, 메타인지에 대해서 설명한 부분이 있으니 그를 참고하면 도움이 될 것이다.

자숙의 기간을 가질 때 멀리 여행을 떠나는 것도 좋고, 여유가 되면 성형을 해도 좋다. 여자는 외모에 자신감이 생기면 세상을 대하는 태도가 많이 달라지기 때문이다.

흔히들 하는 조언이지만 '똥차 가고 벤츠 온다'는 말은 '레알'이다.

단, 먼저 내가 똥차에서 내려야지 벤츠로 갈아탈 수 있다는 걸 기억하자.

"용서는 나를 위해서 합니다. 용서란 상대방을 위해 면죄부를 주는 것도 아니고 상대방이 한 행동을 정당화하는 것이 아닌, 내 자신이 과거를 버리고 앞으로 나아가기 위해서 하는 일입니다. 용서란 말은 그리스어로 '놓아버리다'라는 뜻을 가지고 있죠. 상대방에 대한 분노로 과거에만 머물러 앞으로 나가지 못하는 건 자신을 위한 일이 아니죠. 여러분, 놓아버리세요. 그리고 용서하세요. 다른 누가 아닌 나 자신을 위해…"

— 오프라 윈프리 —

새로운 사랑을 시작할 때쯤엔 이전 사랑의 상처는 잊혀져가기 마련이다. 하지만 여자는 기억력이 좋아서ㅎㅎ 두고두고 나에게 상처준 상대방을 용서하지 않고 마음에 담아둘 때도 많다. 더 이상 화가 나지 않고 일상생활이 가능하니까 용서했다고 생각하는데 기억을 붙잡고 있다면 진짜 용서가 아니다.

이전 연애의 찜찜한 기억은 다음 사랑에 방해가 된다. 상대방이 아무리 진심으로 대해도 이전에 상처받은 기억을 떠올리면서 의심의 눈초리로 보는 것이다. 그러다 보니 정작 나쁜 것은 떠난 사람인데, 현재의 상대방을 의심하고, 캐묻고, 뒤지고, 화내다가 사이가 안 좋아지는 경우가 발생한다(심리학 용어로 투사).

하루 종일 미워하는 사람과 같이 지낸다고 생각해보자. 용서하지 못하는 사람이 있다는 것은 그와 같은 것이다.

다른 누구를 위해서가 아니라 나 자신의 행복을 위해서 지난 연애의 안 좋은 기억은 깨끗이 지워버리도록 하자.

4부

법칙 적용과 리얼 어드바이스

Q&A 편

구남친의 연락
어떻게
해석해야 할까요?

홀아비의 법칙 참고

Q 헤어진 지 2개월 차 무수리입니다. 힘들었던 거 조금씩 잊어가는 중인데 구남친이 요즘 가끔 문자를 보내요. 별건 없고요. 그냥 잘 지내냐는 내용입니다. 한 번은 보고 싶다고 하더라고요. 사실 다른 여자가 생겨 헤어진 거라 완전히 무시하고 싶은데 한편으론 마음이 약해지네요.
그가 연락하는 이유는 뭘까요?

A 이 질문은 무수리 처자들에게 많이 들었던 대표적인 질문 가운데 하나다.
'헤어진 그에게 연락이 왔어요. 잘 지내라고, 보고 싶다고 하던데… 무슨 의미죠?'
글자 그대로 해석해보자.
잘 지내라 / 보고 싶다

음, 글자만 놓고 보면 별 게 없다. 그야말로 잘 지내라, 보고 싶다는 뜻이다.

남자가 먼저 헤어지자고 했다면 최소한이나마 미안함이 있을 테고, 고민녀가 잘 지내길 바라는 게 당연할 것이다. 그리고 '~싶다'는 말은 마음은 있지만 현재 그렇지 못하다는 뜻이다. 예를 들어 '나는 부자가 되고 싶다'라고 말하는 사람은 부자가 되길 바라지만 현재는 아니다 라는 말이다. 마찬가지로 '보고 싶다'는 보고는 싶지만 지금은 못 만난다 는 뜻이다.

정말 만날 의사가 있으면 '한 번 보자'고 할 것이다. 남자는 여자와 달라서 말 뒤에 다른 의미를 숨겨 은유적으로 표현하는 거, 익숙하지 않다(남자의 말은 글자 그대로 해석하는 게 우선이다. 이를 확대 해석 금지의 원칙이라고 부르자).

하지만 고민녀는 구남친의 보고 싶다는 말이 '나도 너 떠난 거 후회되고 그리워서 안 되겠으니 다시 만나자' 이런 뜻이기를 기대했을지 모른다.

이쯤에서 앞에서 한 이야기들을 다시 떠올려보자.

남자는 이별 후에 상대방을 잊는 기간이 상대적으로 여자에 비해 훨씬 짧다. 여자는 울고불고 혹시 그가 돌아오지는 않을까? 다시는 사랑 따위 안 해!ㅠㅠ 라며 마음의 문을 닫고 있는 동안 구남친은 일주일, 한 달 뒤면 벌써 소개팅하고 극단적으로는 잠도 자고 할 거 다한다. 나중에 후회하고 어쩌고 해도 당시엔 그렇게 한다.

혈기왕성한 나이의 남자는 성욕에서 자유로울 수 없기 때문에, 여친과 헤어지면 '정기적인 욕구 해결'에 대한 스트레스가 심해진다. 그래서 일부러는 아니더라도 잠재의식적으로 섹스를 할 수 있는 다른 여자를 찾아 나서는 거다. 피를 갈구하는 뱀파이어처럼~

또 남자는 기본적으로 자신의 감정상태가 복잡한 걸 어색해하기 때문에, 감정이 정리되지 않은 상태일수록 특정 대상에 몰입해서 그 일을 잊어버리려는 속성도 있다(그 대상이 일이나 운동이라면 바람직하겠지만).

헤어진 여자는 새로운 여자로 잊는다. 이게 남자들의 기본 마인드라고 보면 된다. 심지어 친구가 "오늘 선영이랑 헤어졌어." 하면 위로의 차원에서 그날로 클럽에 끌고 가는 게 남자의 우정(?)이기도 하다. 이를 진화심리학에서는 남자는 자신의 유전자를 끊임없이 뿌려대는 번식 행위를 하지 않으면 무리에서 도태되고 멸종의 위기에 처하기 때문이라고 설명한다.

반복하는 말이지만 이런 설명이 옳다, 그르다의 문제는 아니다. 그저 다름의 문제이고, 내가 활용하기 나름일 뿐이다.

종합적으로, 2개월 차 무수리님에게 구남친이 연락한 시기가 언제였는지 짚고 넘어가자. 혹시 주말 밤늦은 시간, 또는 크리스마스나 밸런타인데이 등과 같은 커플들의 날 근처였는가?

그렇다면 그의 연락은 로맨틱한 동기라고 보기가 더 어렵다. 여자의 기대처럼 그리움, 애틋함, 재회의 욕구가 아닌, '섹스가 고파서' 연락했을 가능성이 훨씬 높다.

영화 〈조제, 호랑이 그리고 물고기들〉에 보면 남자주인공의 이런 독백이 나온다.

"헤어진 후에도 친구로 지낼 수 있는 여자는 많다. 그러나 조제는 다르다. 죽을 때까지 조제를 만날 일은 없을 것이다."

헤어진 여자에게 미안하고, 정말 그 여자가 행복하기를 바라는 남자는 오히려 단호하게 연락을 끊는다.

타로점을 봤는데
남친이랑 헤어지래요

김연아의 법칙 참고

Q 남친이랑 심하게 말다툼을 하고 타로점을 보러갔습니다. 평소에도 자주 싸워서 정말 뭔가 안 맞나? 싶었거든요. 그런데 타로점 결과가 6개월 안에 제 이상형이 나타난다는 거예요. 결혼까지 할 인연이라더군요.

그 말을 듣고나니 현재 남친과 헤어져야 하나 싶어 싱숭생숭 합니다. 자주 싸운 게 역시 안 맞는 인연이어서? 하는 생각도 들구요.

타로점을 믿어야 할까요?

A 여자들은 사주, 별자리, 타로, 손금 등의 운명학에 관심이 많고 또 상당히 믿는 경향이 있다.

인간으로 태어나서 정해지지 않은 미래가 궁금하지 않은 사람이 있을까? 그러니 이런 분야에 관심이 쏠리는 건 지극히 자연스러운 일이다. 요즘은 인터넷이며 카페며 쉽게 점볼 수 있는 곳도

184

워낙 많고.

그런데 점을 보면 항상 좋은 얘기만 있는 건 아니다. 좋은 것만 새겨듣고 나쁜 건 한 귀로 흘리라고 하지만, 그러기가 쉽지 않다. 예를 들면 "돈 나갈 수가 있어!", "4월엔 큰 사고를 조심해!" 하면 더 신경이 쓰이기 마련.

사람은 원래 긍정적인 정보보다는 부정적인 정보에 더 예민하기 때문이다. 뇌과학 실험 결과에 의하면 돈이 생겼을 때(긍정적 소식)는 뇌세포의 활성화가 크지 않았는데, 돈을 잃은 경우에는 뇌세포가 격렬하게 반응하면서 고통신호를 나타냈다고 한다.

그 이유는 인간의 진화 과정에서 부정적인 정보(맹수의 위협, 환경의 변화 등)에 빨리 대응하는 개체가 생존에 유리했기 때문일 것이라는 추측이 있다.

불안은 여자의 친구 한편으론 부정적인 운명을 예언해줘서 이득을 보는 사람은 따로 있다.

바로 점쟁이다. "남친이 바람날 수가 들었으니 이 부적을 써서 갖고 다니도록 해!" 하면 마음 약한 무수리 처자 같은 경우 70~80%는 넘어간다.

어디 이뿐만인가? "요즘은 젊은 사람도 암에 걸려요. 지금 가입

하면 보험료도 저렴한데 미리 대비해야죠?" 하면서 보험을 권유하는 설계사도 있다. 모두 불안을 가지고 장사하는 사람들이다.

앞서 여자는 출산과 양육의 담당자가 되는 관계로, 미래를 대비하려는 경향이 남자보다 강하다고 했다. 그래서 여자는 미래 생각을 하면 이유 없이 불안하고 우울해질 때도 있다. 노후엔 뭘 먹고 살지? 지금도 늦었는데 더 나이 먹고 출산하면 기형아 확률이 높다는데… 등등. 생각 속에서 닥치지 않은 일의 부정적인 시나리오를 쓰고 감정의 롤러코스터를 탄다.

운명학은 통계학이다. 용하다는 점쟁이도 틀릴 확률은 높고, 더 중요한 건 미래는 정해지지 않았다는 점이다. 그런데 정해지지 않은 앞으로의 미래에 얽매여서 오히려 중요한 '지금 현실'을 도외시하는 건 순서가 뒤바뀐 게 아닐까?

이런 말을 하는 건 글쓴이도 점 꽤나 본 경험이 있기 때문이다. 점을 볼 때 항상 그랬다. '앞으로 나타날' 그 남자 생각을 하면 지금 애인은 너무 아닌 것 같고, '앞으로 하게 될' 큰 일(?)을 생각하면 지금 직장은 너무 시시해 보였다.

물론 점은 답답할 때 도움을 준 적도 있다. 그러나 결론은 내가 살아 숨 쉬는 지금 이 순간에 충실할 때 행복하다는 것이었다. 가끔 남자들을 보면 미래 계획은 하나도 없고 철딱서니도 없는 것 같지만, 그들의 낙천적이고 현재를 즐길 줄 아는 태도는 여자가 배울 점이기도 하다.

고민녀는 다시 차분하게 생각해보라.

앞으로 원빈, 조인성 같은 남자를 만날 가능성도 있지만 아직 만나지도 않은 원빈, 조인성 때문에 지금 남친을 찬다는 건 좀 황당하다. 복권에 당첨될 운이 있다고 해서 지금 직장을 때려 칠 건가? 입장을 바꿔 궁합이 안 좋으니 우리 아들과 헤어져라! 하고 남친 어머니가 반대한다면 과연 기분이 어떨까?

다른 이유 때문이라면 몰라도 타로점 때문에 남친과 헤어지는 건 아니라고 말하고 싶다.

남친이 변했어요.
권태기를 어떻게
극복해야 할까요?

평강공주의 법칙 참고

Q 남친과는 캠퍼스 커플부터 시작해서 지금 5년차 연인입니다. 연애기간이 길어지다보니 저도 변했지만 남친은 더 많이 변한 것 같아요. 연락도 귀찮아하고, 주말에 늘 같이 있기는 하지만 별 이벤트는 없어요. 제가 자취를 하니까 남친이 그냥 저희 집에 와서 낮잠 자고, 각자 스마트폰 가지고 놀고 그러다 하루가 다 가요.

벌써 이러면 결혼해서는 어떨까 싶고, 점점 게을러 보이는 남친에게 정이 떨어지는 것 같아요.

A 먼저 이것부터 인정하자. 연애라는 게 늘 처음 같을 수는 없다는 점. 물론 여자는 연애를 시작할 때는 나름 기대감이 있다. 남자의 대시, 저돌적인 애정공세와 고백 등의 이벤트를 거쳐서 연애가 성사되는 경우가 많기 때문에 이 집사라면 앞으로도 나를 계

속 즐겁게 해주겠지? 하는 것이다.

하지만 평균적으로 솔로 남자는 스파게티는 어디가 맛있고, 어디 가면 장미 축제를 하고 이런 데 관심이 없다(식도락가, 여행 마니아 제외). 그보다는 주식, 게임, 야구 아니면 뉴스, 취업에 더 신경을 쓸 것이다. 평소 남자들끼리 카톡 대화는 다정다감한 멘트는커녕 욕설과 'ㅇㅇ', 'ㅋㅋ' 등이 주를 이룬다.

그런 이들이 평소와는 다른 로맨틱 가이가 되는 이유는, 연애 초기에는 그 어느 때보다 여자에게 적극적으로 자신을 어필해야 하기 때문이다. 이 과정에서 그는 자신이 얼마나 괜찮은 남자인지 알리기 위해 무어든 잘하고, 잘 해낼 수 있는 '능력자'로 변신한다. 물어보면 매사에 '오빠가 그건 잘 아는 데 말이야~' 하는 식이다.

아무튼 연애 초기에 남자는 초사이어인 모드였다가 시간이 지나면서 서서히 원래 자신(?)으로 돌아간다. 그런 모습을 볼 때가 여친 입장에서는 전보다 소홀해졌다, 애정이 식었다 느끼는 타이밍이 되는 것이다. 남자가 원래 상태로 돌아가는 기간은 사람마다 편차가 있다.

연애란 생각해보면 에너지 소모가 참 심한 일이다.

연락하고, 만나고, 전화하고, 기념일 챙기고, 놀러가고, 밀당하고, 화나서 잠 못 자고…

189

연애를 계속 이렇게만 한다면 사람의 수명은 50년을 넘기기 힘들 것이다. 다행스럽게 인간의 생체 메커니즘은 그런 일을 방지하고자(?) 연애할 때 방출되는 호르몬에 서서히 익숙하게 만들어 연애의 짜릿함을 덜고, 안정감을 높인다. 그래서 시간이 지나면 연인 사이에서는 열렬한 애정과는 또 다른 깊은 유대감이 생긴다.

고민녀도 이제는 익숙해져서 지루한 것 같지만 그만큼 남친을 믿고 푸근하게 느끼는 마음은 예전보다 커지지 않았는가? 남친이 주말마다 다른 친구들과 함께 유흥가를 전전하는 것도 아니니 어떻게 보면 두 사람은 별 문제가 없는 상태라고도 할 수 있다.

그렇다고 마냥 지루하게 지내는 것 역시 추천할 일은 아니다. 그러려면 남친이 바뀌길 기다리지 말고 고민녀도 노력을 하자.

여왕은 때로 치어리더가 되어야 한다 남자는 현재지향적이라서 당장 재밌고 흥분되는 일을 찾는다. 요즘은 정말 가지고 놀 게 많아서 여친과 노는 게 적당히 자극적이지 않으면 그의 관심은 다른 데로 쏠릴 수밖에 없다. 게임이든, 스포츠든, 음주가무든 간에 말이다.

가끔 무수리 처자들이 남친이 만나면 모텔 갈 생각만 한다고 불평을 하는데 그들 입장에서는 섹스만큼 자극적이고 짜릿한 게 없기 때문이다.

무엇보다 남자는 내버려두면 현실에 안주해서 모텔에서 여친 가슴만 쪼물락거리다 생을 마감할 가능성이 있는 종족;;이다.

남자는 응원해서 전쟁터에 내보내야 한다. 야구장에서도 치어리 더가 "플레이, 플레이, 고고고!!!"를 외치면, 선수들은 최선을 다해 경기에 임하지 않는가? 이 말인 즉 고민녀도 남친이 미래를 준비 할 수 있도록 미션을 부여하라는 것이다. 현재는 너무 편하게 내 버려두고 있는데 그런 상태는 두 사람 모두에게 발전적이지 않다.

같이 통장을 만들어 적금을 붓는다던지, 같이 다이어트를 시작 하든지, 아니면 매주 로또복권을 사서 누가 당첨되나 내기라도 해 보자. 남자는 기본적으로 사행성 놀이에 약하기 때문에 일단 내 기가 걸리면 흥미를 보인다.

이때 본인은 가만있으면서 상대방한테만 시키는 건 소용없다. 편식하는 아이의 식습관을 고칠 때도 엄마가 먹으려는 음식을 같 이 입에 넣고 맛있다~ 해야지 아이도 따라서 입에 넣는다.

이처럼 처음은 같이 시작하되 다만 중간에 눈치 봐서 빠지는 건 요령부리기 나름이다.ㅎㅎ 그리고 남친이 꾸준히 목표에 매진할 수 있게 중간 중간 '잘한다, 내 남친!' 하는 추임새와 칭찬을 잊지 말도록 하자.

목표가 있는 사람은 권태로울 시간이 없다.

여자한테 친절한 남친,
SNS 때문에 불안해요

세뇌의 법칙 참고

Q 1년 정도 사귄 남친이 있어요. 남친은 외모는 보통이지만 처음 사귈 때부터 성격이 싹싹하고 친절한 편이었어요. 대화가 잘 통하구요.

근데 문제는 저한테만 친절한 게 아니라 다른 여자들한테도 너무 친절하다는 거예요. SNS에도 그냥 아는 여자가 왜 그렇게 많은지요.

물론 다른 사람들도 제가 여친인 건 알아요. 그런데도 계속 남친한테 추파는 던지는 여자도 있고, 남친은 아무 사이도 아니라고 하지만 그러다 다른 여자랑 눈 맞는 건 아닐까 불안합니다.

A 우선 선천적 바람둥이 유전자를 타고난 집사를 고른 거라면 대책 없다. 그런 경우면 헤어지는 게 답이다.

아무튼 고민녀 심정이 충분히 이해가 간다. 남친 성격을 100%는 모르겠지만 자신이 인기가 있음을 꽤나 즐기고 있을 것이다.

그런데 여친이 있는 걸 밝혔는데도 주변에 꼬이는 날파리 같은 여자들의 심리는 뭘까?

그건 바로 '상품평의 법칙'이라고 할 수 있다.

우리는 다른 사람의 평가에 예민하다. 그래서 뭔가를 살 때 꼭 참고하는 것이 상품평이다. "이 마스카라 써봤더니 대박! 인형눈썹 되네요!" 하는 좋은 평을 발견하면 사도 되겠구나 싶다. 적극추천까지는 아니더라도 "그냥 쓸 만해요." 정도만 되어도 괜찮다.

하지만 정작 상품평이 하나도 없으면 왠지 불안해서 선뜻 구매를 클릭하기가 어렵다. 그래서 판매자들이 상품평 조작도 하고, 알바도 동원하는 것이다. 악플보다 무서운 것이 무플이라고 했던가. ㅎㅎ

가끔 정신 나간 무수리 처자들이 주변에 괜찮은 총각을 놔두고는 유부남처럼 임자 있는 남자에게 혹하는 경우가 있다.

이런 경우도 바로 상품평을 신봉하는 심리 때문이다. '여친(와이프)이 있다는 건 저 남자가 그만큼 괜찮다는 얘기구나'로 풀이하는 것이다. 반대로 정말 괜찮은 남자인데도 "모태솔로입니다, 하하" 하고 웃으면 겉으로 봐선 모르겠지만 뭔가 그럴 만한 사유가 있어서 있으니까 솔로겠지? 생각한다.

글쓴이가 짐작한 상황은 이렇다. 고민녀는 남친 주변에 얼쩡거리는 여자들이 보기 싫었을 거고, 어떻게 해서든 '이 남자는 내 꺼야!' 티를 내려고 했을 거다. 그러는 과정에서 수시로 남친이 어디에 있는지, 누구와 있는지, 무얼 하는지 확인하고 SNS 좀 하지 마라 닦달했다면 그의 거부감이 심해졌을 수 있다. 앞서 이야기했지만 '~하지 마라'는 말은 역효과가 나는 언어사용법이다.

남 자 는
왜
바람을 필까?

그러면 이렇게 대응해보자. 그가 여친 없는 사람처럼 보이도록 그의 페이스북에 굳이 '이 남자 임자 있음' 남기지도 말고 한동안 내버려두자. 항상 와서 '좋아요' 누르는 그 여자가 누군지 물어보지도 말자.

대신 "자기야, 그동안 내가 자기를 못 믿고 너무 과민반응 했나봐. 내가 그동안 심통 부렸는데도 여전히 나 예뻐해주는 걸 보니 자기는 역시 나를 많이 사랑하나봐(~한 걸 보니 ~한 사람이구나 패턴)."라고 말해보자.

이렇게 풀어주면 남친이 오히려 SNS에 시들해질 수 있다. 아이들을 가르칠 때도 나쁜 행동을 하면 혼내기보다는 무시하라고 했다. 한동안은 몹시 신경이 쓰이겠지만 시험 삼아 해보고 남친이 자제하면 계속 칭찬하면서 이미지 게임으로 세뇌시킨다.

반대로 얼씨구나 하고 더 신나서 SNS에 매달리는 것 같으면, 안 습이다. 뻥 차버릴 준비를 하자.

덧붙이면 남자는 여자의 외모를 밝힌다는 속설 때문에 어리고 예쁜 여자만 보면 과민반응을 하기 쉽다.

하지만 남자들의 말을 들어보면 그렇지도 않다. 골프선수 타이거 우즈는 모델 출신의 금발미녀 아내를 두고 바람을 피웠다. 비운의 왕세자비 다이애나를 떠올리게 하는 당시 찰스 왕세자의 바람 대상도 용모로는 다이애나를 따라올 수 없는 '그냥 아줌마'였다.

남자는 처음 사귈 때는 외모가 중요하지만, 헤어짐을 결심하는 것은 외모가 아닌 성격 문제가 가장 크다고 한다. 가끔 그런 하소연을 듣는다. "남친이 바람이 났어요. 근데 나보다 훨씬 못생긴 여자예요. 예쁘고 잘난 여자면 덜 억울할 텐데, 내가 뭐가 부족해서 차인 건지 정말 이해가 안 가요!"

이런 이야기들이 외모 때문에 변심하는 것이 아니라는 남자들의 말과 통한다고 볼 수 있다.

외모에
자신이 없어요

신 포도의 법칙 참고

Q 저는 어릴 때부터 장군감 소리를 듣고 자랐습니다. 남자냐고요? 아니요, 주민등록번호 앞자리 '2'로 시작하는 여자사람입니다.

전 외모 콤플렉스가 있어요. 각진 얼굴에, 살이 찐 건 아닌데 허리가 통짜예요. 가슴은 절벽이고, 피부도 까맣구요. 성형을 하려면 전신성형을 해야 할 것 같구요. 모태솔로는 아니고, 연애는 한 번 해봤어요. 근데 헤어질 때 남친이 '넌 애교도 없고 여자가 너무 뻣뻣하다. 그래서는 어떤 남자한테도 사랑받기 힘들 거다' 이런 악담을 해서 트라우마가 심해졌어요.

생각해보니 요리도 못하고, 십자수 같은 것도 못하고… 이런 나를 누가 사랑해줄까 우울합니다.

A 어쩐지 고민녀의 글이 과거의 글쓴이를 떠올리게 한다.

지금은 어디로 봐도 XX염색체를 가진 여성으로 보이지만, 학창

시절엔 외모 콤플렉스가 심했다. 글쓴이도 여자 키 치고는 큰 편에다(170), 만만치 않게 몸무게도 많이 나간다. 어깨도 떡 벌어졌고(?), 목소리는 우렁차다. 헤어스타일도 계속 숏커트였는데, 대학생이 되어서야 샤방샤방 여성스러운 동기들을 보고 충격을 받아 기르기 시작했다.

아무튼 대학생이 되자 공부보다 외모 스트레스가 심했고(특히나 여대~), 글쓴이도 이런 나를 누가 사랑해줄까? 라는 생각을 많이도 했다.

그런데 의외로 글쓴이는 그리 늦지 않게 대학교 2학년 때 첫 연애를 시작했다. 특별한 애교는 없는데 이야기 듣고 잘 웃어주는 거? 이거만 잘해도 소개팅 후에는 예의상 애프터라도 한두 번은 연락이 왔다.

과거 얘기는 이쯤 하고, 글쓴이의 말은 고민녀가 20대라면 굳이 여성미가 없다고 걱정할 나이가 아니라는 것이다. 여성스럽지 않다고 걱정하는 건 본인 혼자만의 생각이다. 남들은 다 여자로 본다. 그 나이 때는 '어린 여자'라는 이유 하나만으로 어딜 가나 남자의 주목을 받을 수 있다.

특히나 고민녀의 집사 후보가 될 20대 남자들은 적었다시피 고추뇌에 휘둘리는 시기라서 일단 상대방이 여자면 판단력이 흐려진다. 여교수, 여의사, 여자 은행원, 편의점 여자 알바생, 걸그룹…
일단 상대방이 여자면 한 번이라도 더 친절하게 대해준다.

행여 이들이 미소로 응대하면 '앗, 이 여자가 나를 좋아하는 게
아닐까? 전화번호라도 따야 하나?' 생각까지 한다. 결국 궁중요리
와 십자수가 여성미의 필수조건은 아니다. '난 매력 있는 여자야'
하는 내면의 자신감이야말로 여성미의 원천이다.

나만의
매력을
가꿀 것   그렇다. 문제는 외모가 아니고, 자신의 매력이 뭔지를
             모른다는 것이다. 고민녀는 알고 있는가? 자신의 매력
             이 무언지? 매력 없는 사람은 없다. 연애경험이 있다
             면 분명 고민녀에게도 어떤 매력이 있다는 이야기다.
그 매력이 무얼까?

사실 요즘은 외모로만 경쟁하기엔 힘든 세상이다. 예쁜 여자들
이 많아도 너무~ 많다. 같은 여자가 봐도 소녀시대 윤아는 청순
미가 넘쳐흐른다. 게다가 나는 나이를 먹어가는 데 어리고 뽀송한
여자아이들은 끊임없이 나타난다.

결국 "이것만큼은 내가 좀 되지!" 하는 자신만의 매력을 개발해
야 지금부터도 연애를 할 수 있고, 30대 40대가 되어서도 사랑받
는 여자가 된다는 거다. 아무리 살펴봐도 무매력이다 싶으면(그럴

리 없지만) 돈이라도 많이 벌어놓자. 요즘 남자들에겐 경제력 있는 여자가 이상형이기도 하니까.

관점을 바꿔보자. 애교가 없고 무뚝뚝하면, 그만큼 남자한테 덜 간섭하고 독립적일 테니 매력 포인트가 될 수 있다. 남친과 한강에서 자전거를 타는 건강미가 있으면 십자수, 궁중요리 하는 여자한테 꿀릴 것 없다.

고민녀는 자신의 단점에 주목하고 있지만, 그보다는 잘하는 데 주목해야 승산이 있다. 못하는 걸 고쳐서 평균을 만드느니 잘하는 걸 왕창 잘해서 큰 점수 차를 내는 거다.

자기의 매력이 뭔지도 모르고 외모 때문에, 돈 때문에, 시간 때문에… 탓만 하는 사람은 무수리일 뿐이다. 고민녀는 자신의 매력이 무언지 인식하고 똑똑하게 활용하는 여왕이 되기를 바란다.

사귀는 것 같은데
고백은 없는 그 남자의
속마음은 뭘까요?

인타임의 법칙 참고

Q 4개월 정도 된 썸남이 있어요. 직장 거래처 사람인데 정말 다정하고 친절해요. 저도 처음부터 싫지 않았어요. 친해지다보니 낮에도 이런저런 카톡을 하고, 밤엔 잘 자라는 전화도 하고요. 4개월 동안 영화도 꽤 봤어요. 술도 마시고, 생일이 있어서 서로 선물도 해주구요.

남들은 이런 이야길 하면 사귀는 거라고 하는데 문제는 남자가 아직 고백을 안했다는 거예요. 내가 먼저 사귀자고 해버릴까? 싶다가도 혹시 거절당하면 어쩌지 싶어 이러지도 저러지도 못하는 중이예요. 뭘까요, 이 남자?

A 참 미스터리한 일이다. 겉으로는 분명 애인인데 고백은 없는 남자.

이런 경우 상담을 많이 했는데, 보통 두 가지 경우가 가능하다.

하나는 남자가 고민녀 못지않게 소심해서 거절당할까봐 무서워

200

서 고백을 못 하는 경우, 다른 하나는 상상하기 싫지만 고민녀를 어장 속의 물고기로 보고 관리 중인 경우가 있다.

남자의 소심함 때문이라면 큰 문제는 없다. 계속 하는 말이지만 본격적으로 사귀기 전에는 무조건 허용하는 분위기, 속된 말로 '잘 줄 것 같은' 느낌을 주면 된다. 무슨 말을 해도 웃어주고, 무슨 일을 해도 칭찬해주고, 과장된 리액션에다 종종 스킨십까지 보태면 된다. 그러면 아무리 둔한 남자라도 고백할 용기를 낼 수 있을 거다.

계속 뜸을 들이면 중간 중간에 '~한 걸 보니 ~한 사람이네' 패턴을 사용해서 이미지 게임을 하자. "명수 씨 오늘 옷차림 신경 쓴 거 보니 저한테 잘 보이고 싶었군요?^^" 이런 식으로 너는 나를 좋아한다, 너는 나를 좋아한다, 끊임없이 세뇌시키는 것이다.

하지만 조급한 마음에(인타임의 법칙을 지킬 것) 먼저 고백하는 건 금물이다. 어디까지나 여자는 치어리더가 되어 분위기를 띄워주고, 들이대는 건 남자 몫으로 남겨두어야 이후 연애가 편하다. 여자가 먼저 고백해서 잘 될 수도 있지만, 나중에는 콤플렉스로 작용해서 집착의 원인이 될 수 있으므로 추천하지 않는다.

이제 두 번째 경우를 살펴보자. 그런데 좀 걱정스럽다.

일반적으로 남자는 자뻑기가 있어서 그냥 보고 웃어만 주어도 역시 '내가 좀 괜찮지!' 하며 고백해오는 경우가 많기 때문이다.

거절당하는 걸 두려워한다면서요? 맞다. 두려워는 하는데 두려워서 고백 안 하는 게 아니라, 두렵지만 일단 지르고 본다. 이렇게 보면 고민녀의 지금 4개월 차 상황은 뭔가 구린 스멜이 느껴진다.

어쨌거나 남자가 무슨 생각을 하는지 떠볼 필요가 있겠다. 예를 들면 지나가는 말로 "주변에서는 우리더러 잘 어울리는 커플이래요."라고 한다던가 "여자로서 제 매력은 어떤 점이예요?" 물어보자. 반응이 긍정적이면 다행이고, 신통치 않으면 부정적인 상황이다. 그리고 고민녀가 연락을 하지 않으면 먼저 만나자는 말이 없다면 역시 부정적이다.

종종 쓰는 질투유발 작전은 본격적으로 사귀기 전 단계에서는 별로 효과적이지 않다. 남자는 상대방에 대해 이제 겨우 관찰 단계인데 벌써 다른 경쟁자들과 비교당하고 싶은 마음은 없기 때문이다.

혹시 이런 이야길 하지는 않나 살펴보자. '지금은 (연애보다) 일이 제일 중요한 시기인 것 같다', '나영 씨는 참 능력도 많고 멋진 여자라서 오래 알고 지냈으면 좋겠다', '나는 단점도 많고 부족한 점이 많은 남자다', '얼마 전에 헤어져서 새로운 사람을 사귀는 건 신중히 하고 싶다' 만약 이런 멘트를 날렸다면 어장관리의 확률이 높다. 물론 고민녀 귀에는,

- 일이 중요하다.
  - ➜ 일에 매진하는 이 남자, 멋져!

    (흰 셔츠를 팔뚝까지 걷어 올리고 일에 몰입하는 모습 상상)
- 당신은 멋진 여자라서 오래 알고 지내고 싶다.
  - ➜ 어머, 오래 알고 지내자니, 벌써 결혼까지 생각하는 거야?
- 나는 부족한 점이 많다.
  - ➜ 겸손하기까지 하네. 역시 사람이 됐어!
- 새로운 사람을 사귀는 건 신중히.
  - ➜ 순정파 남자네. 바람둥이보다 낫잖아?

이런 말로 들렸겠지만 불행하게도 그런 의미가 아니다. 진짜 속 뜻은,

- 일이 중요하다.
  - ➜ 가끔 만나는 건 좋지만 사귀는 건 부담스럽다.

- 당신은 멋진 여자라서 오래 알고 지내고 싶다.

  ➜ 친구로 지내자.

- 나는 부족한 점이 많다.

  ➜ 별로 잘 보이려는 마음도 없고 솔직하게 말했으니 적당히 그만 다가오길!

- 새로운 사람을 사귀는 건 신중히.

  ➜ 아직 들이댈 만한 여자가 없다는…

이런 뜻이다. 믿을 수 없다고? 그럼 한 번 고백해봐라. 당장 그 썸남 입에서 어떤 말이 나오는지.

아니, 실은 저희는 술 먹고 밤도 같이 보냈는데요.;; 심지어 밤까지 같이 보냈는데 고백을 안 한다면 90%는 확실하게 아니라는 뜻이다.

마음에 드는 여자 앞에선 "일은 나중에 해도 돼. 나한텐 지금 네가 제일 중요해."라는 멘트를 날리는 게 남자다. "오래 알고 지내요."는 말은 "내가 네 옆에 오래 오래 있어줄게."라는 말로 바뀐다. "난 부족한 점이 많은 남자" 따위는 좋아하는 여자에게는 절대 쓰지 않는 표현이다. 대신 "난 이것도 잘하고, 저것도 잘하고, 장래성도 있고, 뭘 준비 중이고…" 조금이라도 더 본인을 백마 탄 왕자처럼 보이기에 바쁘다. 남자란 그런 동물이다.

높은 확률로 그는 아마 고민녀 말고도 연인처럼 연락하고 지내는 여자들이 더 있을 것이다. 그야말로 어장 속 무수리 혹은 나만 바라보는 궤도위성들을 흐뭇하게 바라보면서…

먼 저	아니, 정말 그렇단 말인가요? 감히 날 가지고 놀
궤도위성에서	아? 내 이 놈을 부셔버릴 거야!
탈 출 하 자	워~ 제발 진정하길 바란다. 어장이고 궤도위성
	취급을 했다고 해서 가능성이 전혀 없다는 말은

안 했다.

연애를 할 때 우리는 너무 '모 아니면 도' 식이다. 생각해보자. 사람의 감정이란 게 좋음 아니면 싫음, 양 극단만 있는 건 아니다. 연인이 되기 전에는 완전 호감, 호감, 보통, 비호감, 완전 비호감… 이렇게 무수한 감정의 좌표가 존재하지 않던가.

엄밀히 말해 남녀가 처음 만나서 호감을 갖고, 알아보고, 사귀고, 결혼으로 이어지기까지 'All or Nothing'은 없다. 사람이 만나고 관계가 생기면 그 좌표는 끊임없이 변해간다.

그러니까 현재는 그 남자가 고민녀에게 100% 꽂힌 상태는 아니라고 해도, 연인으로 발전할 가능성이 아예 없는 건 아니다. 다만 시간과 전략이 필요할 뿐이다.

궤도위성임을 눈치 챘다면 미련 없이 떠나자. 물론 그는 자기 주변을 맴도는 궤도위성이나 어장의 물고기 숫자가 줄어들면 아쉽기 때문에 어설프게나마 붙잡는 액션을 취할 것이다. 하지만 단호하게 연락이 와도 받지 말고, 당분간 그의 인생에서 완전히 잠적하도록 한다.

그렇게 6개월 동안은 다른 남자도 만나보고, 다이어트도 하고, 댄스나 어학을 배우든지 자신감과 매력을 업그레이드 한 후에 다시 우연인 듯 연락해보자. 대부분 남자는 여자와 헤어지면 다음날부터 '망각곡선ㅎㅎ'이 진행되기 때문에 6개월쯤 후에 연락하면 알던 여자가 아닌, 완전히 새로운 여자를 만나는 기분이 들 것이다.

그리고 다시 처음처럼 웃어주고, 잘 대해주고, 칭찬해주고, 이미지 게임을 하는 사이클을 반복한다.

고민녀가 없는 동안 고민녀의 소중함을 깨달았다면 예전과 다른 반응이 나올 것이다. 반대로 여전히 그 상태로 고백이 없거나 아님 그새 여친이 생겼다면 내 인연이 아니겠거니 하루라도 빨리 잊어버리자. 세상은 넓고, 남자는 많다.

만나면 모텔 가자는 남친,
그는 늘 그 생각만 하는 걸까요?

사만다의 법칙 참고

Q 처음 봤을 때 한눈에 반했다는 남친과 7개월째 연애 중입니다. 남친이 적극적이어서 스킨십을 좀 빨리 시작했어요. 1주일 만에 손잡고, 키스하고, 솔직히 빠르다는 감이 있었는데 만난 지 한 달 만에 잠자리도 하게 됐습니다.

정말 사이가 좋았는데 그 이후로 갈등이 생겼어요. 남친이 만나면 모텔 갈 생각만 하더라구요. 조금씩 불만이 쌓이다 얼마 전엔 심하게 다퉜어요.

그날도 쉬어가자고;; 수작을 부리길래 오빠는 날 보면 그 생각 밖에 안 나고 화를 냈거든요. 그랬더니 오히려 저한테 실망했다고 하면서 집으로 가버렸어요. 정말이지 이해가 안 갑니다. 한편으론 너무 빨리 스킨십을 허락한 제 탓이라는 생각도 드네요.

A 남자에게 있어서 섹스는 얼마나 자주 하느냐도 중요하고, 얼마나 만족스럽냐도 중요하다. 또 상대방이 만족했는가도 본인의

성적 능력을 확인하는 부분이기에 큰 의미가 있다.

그래서 남자는 열이면 열, 섹스에 대해 적극적인 여자를 좋아할 수밖에 없다. 포르노 영상에 나오는 여자들은 하나같이 과장된 표현 일색인데, 좋아서가 아니라 그 영상을 볼 주된 고객층의 기대를 충족시켜주는 것뿐이다.

한편 여자 입장에서는 남친과의 빠른 진도는 항상 부담으로 작용한다. 앞서 말한 '내가 너무 쉬운 여자로 보이지 않을까?' 하는 두려움 때문인데, 진지하게 교제하는 사이라면 굳이 그런 걱정을 할 필요는 없다. 무반응, 소극적인 태도야말로 남자가 해석하기엔 '나를 별로 사랑하지 않는 것, 애정이 식은 것, 뭔가 불만이 있는 것'이 되기 쉽다.

그렇지만 여친 입장에서는 섹스 시기는 늦을수록 좋다. 일단 섹스를 하기 시작하면 남자는 그것만큼 짜릿하고 즐거운 오락거리가 없기에 거기에만 집중하려 들기 때문이다. 스킨십에는 전진만 있을 뿐 후진은 없다는 말도 있지 않던가. 여자에게 섹스는 '연애의 일부'일 뿐이지만 남자에게 섹스는 '연애의 전부'가 되어버리기도 한다. 지금 고민녀의 상황처럼 말이다.

솔직히 지금 고민녀의 남친은 '그 생각'만 한다고 봐도 좋다. 본인 스스로는 이러지 말아야지 하면서도 고추뇌가 흥분하면 정신을 못 차릴 것이다. 마약 중독자(?)가 스스로 마약을 끊기는 힘들 듯이 섹스도 마찬가지다. 미친 듯이 질주하는 자동차의 브레이크 역할은 오직 '여자'만이 할 수 있다.

그래서 연애하는 과정의 낭만과 다양한 즐거움을 누리고 싶으면 여자가 주도적으로 섹스를 조절할 필요가 있다. 피임도 포함해서 섹스 문제는 집사에게 주도권을 줘서는 절대 해결 안 되는 문제임을 명심하자.

여자가 원하는　우리 여자는 아무리 사랑하는 사람이라도 볼
섹　스　를　때마다 섹스가 동하는 건 아니다. 몸과 마음이
모르는 남자　다 릴렉스되고, 편안한 장소에서, 겨드랑이, 다
　　　　　리털 제모도 완벽해서 부끄러울 게 없는(?) 상
황이 되어야 그럴 마음이 생기지만, 남자는 언제든 준비가 되기 때문에 여자의 섹스 심리를 공감하지 못한다.

그래서 '오빠는 그 생각만 하는 거냐'며 화를 낼 일은 아니다. 집사는 단순하게 자기가 원하니까 고민녀도 원할 거라고 짐작했을 것이다. 한 가지는 섹스 거절을 하면 남자는 수치스럽게 느낄 뿐더러, 자기의 존재성이 거절당하는 큰 상처로 받아들일 수 있다.

말했지만 참다가 폭발시키지 말고, 여자는 아무 때나 섹스 할

준비가 되지 않는 것과 '데이트＝섹스'가 아님을 평소에 미리 가르치도록 하자. 예를 들어 피임 준비가 안 되었다면 다음으로 미룬다던가, 생리 전 컨디션이 안 좋을 때는 귀찮게 하지 않기 등의 원칙을 세우자.

고민녀는 마음 한편으로 섹스를 거절하면 남친이 바람이 나거나 나를 싫어하게 되는 건 아닐까 하는 두려움 때문에 싫어도 응했을 것이다. 하지만 그런 두려움을 극복할 수 있어야 여왕이 된다. 남친을 사랑하고 결혼까지 생각한다면, 성관계를 적당히 조절해야 그 관계가 튼튼하고 오래갈 수 있다는 걸 기억하자.

결론적으로 지금 상황에서는 그를 좀 더 부드럽게 달래는 기술을 익히는 게 좋겠다.

이미지 게임도 응용하고, 건전한 놀이공원 데이트를 하면, "오빠, 오늘 고마워. 다음에 만나면 내가 위에 올라가서 말타기 놀이(?) 해줄게." 하는 식으로 참고 기다리면 보상이 있다는 걸 인식시키자. 말의 눈앞에서 당근을 흔들어 꼬시는 것과 마찬가진데, 티가 나지 않아야 고수다. 대놓고 동물 조련 하듯 해서는 역효과가 난다.

따로 말할 필요도 없지만 거절당하는 걸 못 참고 헤어지자고 한다던가, 폭력을 동원한 섹스를 한다던가, 성매매를 기웃거리는 남자라면 빨리 헤어지는 게 행복의 지름길이다.

남친과 돈 문제로
다투게 되네요

돌직구의 법칙 참고

Q 2년차 커플입니다. 남친은 연하라서 취업 재수 중이고, 저는 1년 먼저 취직을 했구요. 취업을 먼저 하다보니까 아무래도 데이트 비용을 제가 많이 부담하게 되더라구요. 그 전에도 남친이 연하라서 제가 돈을 많이 쓰기는 했지만요. 문제는 얼마 전 제 생일인데 남친이 돈이 없다며 어물쩍 넘어 가려는 거예요. 조금 있으면 기념일이니까 그때 몰아서 해준다구요. 서운해서 사귀는 동안 제대로 된 선물 한 번 못 받았다 불평하니까, 저더러 물질적인 부분만 밝힌다고 하네요.

돈이 문제가 아니라 성의가 문제 아닐까요? 남친의 애정이 의심스럽습니다.

A 요즘 어딜 가나 돈 때문에 갈등이 많다. 경제력 없는 남자는 됨됨이가 아무리 괜찮아도 안중에도 없는 여자도 있고, 남자도 여자 얼굴 뜯어먹고 사는 거 아니라며 일찌감치 경제력 있는 여자

를 찾기도 한다.

그래도 이 정도는 양호한 수준이다. 얼마 전에 남친이 여친에게 산낙지를 먹여 살해한 혐의로 재판을 받는다는 기사가 났다. 거액의 보험금과 관련된 경우라고 한다. 보험금 때문에 아내가 남편을 죽이기도 하고 참 별일이 다 일어나는 세상이다. 돈 앞에선 피도 눈물도 없어지는 게 현대인의 자화상인가 싶다.

그러다 보니 로맨틱해야 하는 연애도 고민녀처럼 돈 문제로 인한 현실 갈등이 생기는 경우가 많다. 싸움의 발단은 생일 선물이지만, 고민녀는 그전부터 데이트 비용 등에 대한 부담을 느꼈으리라.

여자가 경제적인 부담을 더 하는 데 대한 의견은 이렇다.

능력 있는 남친이라서 좋은 선물을 받으면 좋겠지만, 그 정도 선물을 한 상대방은 엇비슷한 수준의 답례를 기대할 것이다. 그런 부담이 싫다면 서로 안 주고, 안 받기 운동(?)을 하는 것도 나쁘지는 않다.

그리고 글쓴이도 경험했지만 돈이란 건 글자 그대로 '돌고 도는' 경향이 있다. 돈에 대한 마인드가 어떤가에 따라 차이는 있지만, 돈이란 건 노력해도 없는 때가 있고, 노력하지 않아도 슬렁슬렁 들어오는 때도 분명 있다.

중요한 건 집사의 경제관념이 어떤가? 하는 부분이다. 경제관념도 있고, 책임감도 있다면 당장 명품 가방 선물 없이도 미래가치를 봐서 참아줄 수 있다. 고민녀가 아쉬워하는 '성의표시'라는 부분이 걸리긴 하지만, 이건 2년 동안의 연애과정에서 미리 가르쳤으면 갈등의 소지가 적었을 것이다.

돈 안 쓰는 그,
혹시 캥거루남?

다만 고민녀의 남친이 마냥 연상녀인 여친에게 의존하는 건지 아닌지 확인할 필요는 있다.

자립해야 할 때가 되었는데 엄마 캥거루의 육아낭에서 나오지 않고 엄마를 의지하는 다 큰 캥거루는 아닌지 말이다.

이후로는 남친이 백수 상태라고 해도 상대방이 요청하지 않는 한 알아서 미리 지갑을 꺼내는 일은 자제하자. 그의 자존심이 상할까 걱정하겠지만 그도 자존심 상하기 싫으면 얼른 취업을 해야겠다고 마음먹을 것이다. 혹시나 남친한테 문제집 사보라고 용돈을 준다거나 하는 일은 절대 금물이다. 배려가 나쁜 습관을 만들고, 나아가서는 상대방을 연애의 '무임승차자'로 만들게 될 수 있으니까.

돈을 쓰는 경우에는 남친도 그에 상응하는 친절한 행동을 하도록 유도하자. 예를 들어 "직장에서 시달려서 어깨가 너무 아파. 좀 주물러줄래?"라는 요구 등을 해본다. 연애 2년차면 두 말 없이 돈 버는 여친에게 안마를 바쳐야 할 때다. 그렇지 않고 내 어깨도 아프다는 둥 하면 다시 생각해보자.

이미지 게임도 적극 활용한다. 어떤 취업을 준비 중인지는 모르지만 취업 준비라는 게 고시가 아닌 다음에야 하루 종일 매달릴 필요는 없을 것이다. '너는 다재다능한 남자, 수퍼맨'이라며 띄워주고 괜찮은 아르바이트가 있는데 너라면 잘할 것 같다 는 식으로 운을 띄워 공부와 아르바이트를 같이 하게 해본다. ㅎㅎ

물론 이때도 이런저런 핑계를 대며 돈 벌 기회를 사양한다면 함께할 미래가 불안한 사람이다.

돈 가는 데 사람 마음도 간다. 김중배의 다이아몬드 반지? 솔직히 말해 싫을 이유가 없다. 거꾸로 마음이 가면 거기에 돈을 쓰고 싶어지는 것도 사실이다. 바람직한 것을 떠나 남자들이 땡빚을 내서 여친 명품을 사주는 것도 다 그런 이유다.

그러니 돈이 없다고 조그마한 생일 선물도 못 챙기는 건 연인으로는 결격사유가 맞다. 기념일에 챙긴다고 했으니 그때 하는 걸 봐서, 가능성 없는 남친이라면 그 뒷바라지는 하루빨리 청산해야 할 것이다.

모태솔로입니다
연애가
너무 하고 싶어요

애교의 법칙 참고

Q 27년산 모태솔로입니다. 못생긴 편은 아니예요. 자뻑은 아니지만 아나운서 같은 미인이라는 말 많이 듣는 편입니다;; 몸매관리도 꾸준히 하고 있고요. 그런데 주변을 보면 객관적으로 저보다 안 생긴(?) 친구들도 연애만 잘 하는데 전 왜 들이대는 남자가 없을까요? 몇 년째 새해 소원이 '올해는 연애 좀 하게 해주세요'인데 정말 안 생기네요. ㅠㅠ

아, 연애 경험이 없어서 남자를 어떻게 대할지 몰라 좀 무뚝뚝한 편이예요. 혹시 그 점이 문제인가요?

A 글쓴이가 여태까지 봐오기로는 외모가 떨어지거나, 스펙이 부족해서 모태솔로인 경우는 단 한 번도 없었다.

'남자를 어떻게 대할지 몰라 무뚝뚝…'

그러나 이 문구를 보는 순간 글쓴이는 고민녀에게서 강력한 철벽의 스멜~을 느꼈다. 본인은 그렇지 않다고 주장하겠지만 남자의 들이댐을 한 치도 허용하지 않는 연애 이상주의자!

　그 이름은 바로 철벽녀인 것이다.

　그러면 철벽녀의 가장 큰 문제는 무엇일까? 그것은 연애에 대한 환상이 있고 기대치가 크다는 점이다.

　물론 이런 말을 하면 대부분 철벽녀들은 아니라며 펄쩍 뛴다. "저 눈 완전 낮거든요. 절대 환상 없어요~" 그러면 다시 물어보자. 지금껏 솔로로 언제 만날지 모르는 소울메이트를 기다리며 아침마다 꽃단장을 하고 외출하는 당신인데, 교회에서 가끔 보는 갓 제대한 복학생이 연애 하자면 신난다고 응할 건가?

　아마 그러기 힘들 걸.

　고민녀가 '연애'를 하고 싶은 건 연애를 꽤나 낭만적으로 생각하기 때문일 것이다. 연애? 해보면 알겠지만 그리 좋지만은 않다. 돈, 시간, 감정 모두 엄청나게 소비하는 일이다. 그러고도 헤어지면 서로 선물 돌려달라며 구질구질하게 싸우는 일도 많다.

　고민녀에게 연애는 이런 현실이 아니라 반짝이는 커플링, 키 큰 남친의 백허그, 하와이 신혼여행 등이 아닌가?

앞서 말했지만 연애는 예선전이자 탐색전이다. 여러 후보들 중에 가장 괜찮은 남자를 골라 본선(결혼생활)에서 최선을 다하면 된다.

그런데 연애경험이 없는 모태솔로이자 철벽님들은 '연애＝결혼'으로 생각하는 경향이 크다. '나밖에 모르는 키 크고 잘 생기고 똑똑하고 돈도 많은 남자가 로맨틱한 프러포즈를 하고 손에 물 한 방울 안 닿는 결혼생활로 이어지는' 연애를 꿈꾸는 철벽녀에게, 비오는 날 파전에 막걸리 한 잔 어떠냐는 복학생은 깐따삐야 별의 오징어 외계인처럼 보이는 것이다. 27년을 기다렸는데! 고작 이런 남자를 만나려고? 말도 안 돼. 차라리 솔로가 낫지!

남자를 만나봐야 남자를 보는 눈이 생긴다. 철벽녀에겐 현실적인 눈은 없고, 이상만 가득하기 때문에 복학생이 '긁지 않은 복권'일 가능성을 놓치는 것이다.

그리고 주변을 둘러보라. 운명적인 만남은 호텔 로비나 파리의 에펠탑에서가 아니라 직장, 살사 댄스 동아리, 식도락 카페, 헬스장, 지하철 등… 일상의 공간에서 이루어진다. 벼락 맞듯 운명적인 사랑에 빠지는 경우는 드라마에나 나온다. 연애는 매일 보던 사람에게 어느 순간 '이런 자상한 면이 있었네?' 호감을 느끼면서 시작되는 것이다.

나   도   연애에 대한 기대치가 높으면 불필요하게 진지해진다.

연애 좀   고민녀가 남자에게 무뚝뚝한 까닭은, 남자를 나와 같

해보자!   은 '사람'으로 보기보다 먼저 '이성'으로 보기 때문이

다. 이성으로 먼저 보니 연애 대상으로 괜찮은지 아닌

지 스캔하고 생각하느라 자연스럽게 대하기가 힘들다. 마음에 들

면 잘 보이려 허둥거리게 되고, 마음에 안 들면 싸늘하게 대한다.

사귀지 않을 건데 굳이 친절할 이유가 없으니까.

앞서 말했듯 남자가 사귀고 싶은 예쁜 여자는
자기를 허용해주는 여자다. 그래서 남자는 약
간의 호감 수준일 때는 장난을 치고 농담을
한다. 어렵게 생각할 것 없다. 초등학생 남자아이

가 같은 반 여자아이한테 짓궂은 장난을 치는 것과 완전히 똑같

다. 예를 들면 직장에서 이런 상황이다.

"나철벽 씨, 오늘은 스타킹 무늬가 꼭 구멍 난 거 같네요. 요즘

유행인가? ㅎㅎ"

27년 산 로맨틱한 연애를 꿈꾸는 철벽녀는 이 순간,

"박 대리님, 본인 패션에나 신경 쓰시죠."

하거나 싸늘한 표정으로 그 말을 무시할 것이다. 이때 무안해진

박 대리는 역시 직장에서는 일이나 해야지 하며 나철벽에 대한 호

기심을 접는다.

이쯤에서 고민녀는 아, 그런 장난이 작업이라는 걸 전혀 몰랐네요.;; 할 것이다. 그렇다. 현실에서 남자의 대시는 동성 대하듯 하는 장난, 썰렁한 농담 후에 그녀의 입질이 있을 때 본격적으로 이루어진다.

한 가지는 시대가 바뀌어서 요즘 남자들은 예전처럼 '끈기'가 없다는 점은 있다. 자기 몸 하나 건사하기도 힘든 경쟁사회를 살기 때문에 연애를 하면 좋겠지만 안 해도 그만이라는 남자도 많다. 그래서 한두 번 떠보고 여자의 반응이 영 신통치 않으면 빨리 단념한다.

알겠지만 굳이 연애를 안 해도 성욕을 해결할 방법은 얼마든지 있다.;; 스마트폰만 가지고 놀아도 하루는 잘 간다. 게다가 스마트폰은 가방 사달란 말도 안 하고, 자기 전에 전화하라는 말도 안 하니까.

이제 어떻게 철벽녀를 탈출할지 조금 보이지 않는가?

연애는 조금은 허접해 보이는 일상이 무대다. 남자선배든, 소개팅남이든, 중학교 동창이든, 교회 오빠든 간에 먼저 '인간적으로' 괜찮은지만 보자. 그러면 무뚝뚝하지 않은 편한 태도로 대할 수 있을 것이다.

그 사람들이 고민녀에게 농담을 하고 장난을 치거든 웃어주고 호응해주자. 여자의 반응을 보면서 남자는 용기를 얻고 조금씩 조금씩 다가오게 된다.

특정인한테만 잘해줄 필요도 없다. 아직 사귀는 게 아니니까.

두루두루 주변에 잘 웃어주고 싹싹하고 친절하게 굴다보면 다가오는 남자의 수가 많아질 것이고, 그럼 지들끼리 '어쭈? 이 여자는 내가 찜했어!'라며 자연스럽게 경쟁하는 구도가 만들어진다.

주변에 이성이 많으면 다른 사람들 눈에는 그 사람한테 뭔지는 모르겠지만 그럴 만한 매력이 있는 것처럼 보이기 때문에 인기는 더 높아진다(상품평의 법칙). 고민녀는 그들이 앞 다투어 도움과 친절을 베푸는 것을 즐기다가 가장 괜찮은 집사감을 고르면 된다(아싸!).

모태솔로인 만큼 막상 연애가 시작되면 기대와 다른 현실에 많이 실망할 수 있을 거다. 하지만 뭐든 첫술에 배부르기란 어렵지 않던가?

덧붙이자면 여중, 여고, 여대를 나와서 여자가 많은 직장에 다니는 모태솔로라면 환경부터 바꿔야 한다. 자고로 '맹모삼천지교'라는 말도 있다. 환경이 사람을 만든다. 하루라도 빨리 남자사람 비율이 높은 곳으로 무대를 옮기는 것이 급선무다. 불교청년회 모임, DSLR 동호회, 격투기 동호회, 국토종단 청년모임 같은 곳부터 잘 살펴보도록 하자.

당신 손에 건네진
남자사용설명서

여기까지 길다면 길고, 짧다면 짧은 여왕의 연애 이야기를 마무리 지었다.

몇 년 동안 상담한 분들의 사례를 다 실을 수도 없었고, 그 가운데 몇몇 커플은 결혼까지 했다더라 하는 자랑도 넣고 싶었지만 이쯤에서 참아야 할 것 같다.

글쓴이 이야길 하자면 여왕의 연애 법칙을 적용하고 6살 연상, 경상도 남자, 장손이자 종손에 무뚝뚝하고 애정표현 없는 글쓴이 남친도 더없이 사근사근한 남자로 변했다.

마지막으로 얼마 전 극장에서 개봉했던 〈남자사용설명서(2012, 이원석 감독)〉라는 영화 이야길 잠깐 해보자. 영화의 줄거리는 여주인공이 우연히 "남자사용설명서"라는 비디오를 보고 그 내용을 실천하면서 글쓴이가 비유하듯 무수리 → 여왕으로 신분 상승 & 행복한 연애를 하게 되는 과정을 그리고 있다.

영화 이야길 하는 건 다름이 아니다.

어떤 이들은 연애는 '자연스러워야 한다'며 '남자사용설명서'라던가, 연애이론 같은 데 반감을 가지기도 한다. 연애를 책으로 배우는 건 아무 소용이 없다고도 말한다. 이 영화 속의 남자주인공도 그랬지만 좋아하는 이성을 사로잡기 위해 뭔가 꼼수를 부리는 것은 저급하다고 여긴다. 모태미녀인 줄 알았는데 알고 보니 성형미인일 때의 배신감? 그 정도로 여기는 것 같다.

하지만 나는 이게 정말 고정관념이자 선입견이라고 본다.

사랑이라는 고귀한 선물을 상대방에게 전하려면 예쁘고 좋은 포장지에 싸야지, 시장에서 얻어온 검은 비닐봉지에 담아 건네도 마음이 잘 전해질 수 있을까? 게다가 남자와 여자는 신체구조가 다른 것처럼 생각하고 느끼는 것도 너무나 다른데 서로에 대한 공부 없이 어떻게 만족스런 연애가 가능할까?

TV 등에서 로켓을 발사하는 걸 본 적 있을 거다.

로켓이 목표한 본궤도에 진입하기 위해서는 대기권을 뚫고 나가야만 한다. 그래서 로켓에는 대기권의 어마어마한 압력을 뚫고 솟

아오르기 위한 추진체가 장착된다. 일단 대기권 밖으로 나가면 추진체는 연료를 모두 소모하고 로켓 본체와 저절로 분리되어 바다로 떨어진다.

두 남녀의 사랑이 본궤도에 오르면 그때부터는 서로에게 진심을 다해도 좋다. 그때부터는 사람마다 '케이스 바이 케이스'이므로 남이 조언을 한다는 게 더 우스울 수도 있다.

그리고 글쓴이가 여기에 쓴 모든 이야기들은 일반론이다. 80%의 남자들에게 적용할 수 있겠지만 20%의 남자에게는 전혀 맞지 않는 이야기가 될 수 있다. 일례로 모든 남자가 야동을 본다고 생각하겠지만 글쓴이 남친은 야동을 안 본다(난 본다 ㅎㅎ;).

하지만 연애를 시작하면서 이 사람을 오래 만날 수 있을지 알아가고, 탐색하고, 외압(그 남자 너랑 안 어울려~ 등)에 시달릴 동안에는 반드시 여러분의 연애를 '본궤도로 진입시켜줄 추진체'가 필요하다.

글쓴이가 전하고자 하는 연애의 법칙은 그런 것이다. 특히 남녀 모두, 이왕이면 여자의 입장에서 행복한 연애를 할 수 있도록.

이 글을 읽는 모든 분들이 여왕이 되고 행복한 연애 하시기를 진심으로 응원드린다.

비하인드 드림

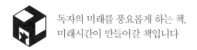

독자의 미래를 풍요롭게 하는 책,
미래시간이 만들어갈 책입니다

탐나는 그녀의 25가지 연애법칙
여왕의 연애

초판 1쇄 2013년 6월 10일
초판 5쇄 2017년 7월 20일

지은이 비하인드(이부원) **펴낸이** 이부원 **펴낸곳** 미래시간
출판등록 제2012-000053호
주소 제주특별자치도 서귀포시 남원읍 신흥리 270-4
전화 (070) 4063-8166 **이메일** nuna0604@naver.com
총괄 서정 **마케팅** 이국남
디자인 김수미 **일러스트** 한정은
기획·책임편집 미래시간 편집부

ISBN 978-89-98895-01-3 03810